堕天使さんと一緒に
人生に疲れたので、スローライフを目指します

九条蓮
Ren Kujo

illust.
池本ゆーこ

登場人物紹介

ティア＝ファーレル
天界の掟に違反して堕天使になってしまった少女。生きる理由を見失いかけていたところで、エルディと出会う。
アリア＝ガーネット
ギルド職員で、エルディたちのよき理解者。
エルディ＝メイガス
魔法が使えないことを理由に、S級パーティ“マッドレンダース”をクビになった剣士。面倒臭がりだが、困っている人を放っておけないお人好し。

ヨハン=サイモン
"マッドレンダース"のリーダー。貴族の八男の生まれで我儘な性格。
エドワード=ホプキンス
エルディの代わりに入った魔法剣士。仲間想いだが、打算的な一面もある。
フラウ=ソーンリー
"マッドレンダース"の治癒師でムードメーカー。
イリーナ=エイベル
真面目な性格の魔導師。フラウによく振り回されている。

一章　堕天使《だてんし》との邂逅《かいこう》

1

「エルディ＝メイガス、本日付けでお前を〝マッドレンダース〟から追放する」

「……あ？　どういう意味だ？」

黒髪紅眼《くろかみこうがん》の剣士――エルディ＝メイガスは、パーティーリーダーであり戦友でもあった男・ヨハン＝サイモンの唐突な宣告に目を見開いた。

依頼でこの辺境の村・ドンディフに訪れた際に、いきなり夜中に宿屋に呼び出されたと思ったら、まさかの解雇通告《かいこつうこく》。エルディからすれば、青天《せいてん》の霹靂《へきれき》である。

「そのままの意味だよ、エルディ。君はこのパーティーにはもう不要、出ていってほしいということだ。他に質問はあるかい？」

「……一応、理由は聞かせてもらっていいか？」

怒りをぐっと堪《こら》えて、エルディは訊《き》いた。

「言わなくてもわかるだろう？」

ヨハンはちらりと隣《となり》の新メンバー・エドワード＝ホプキンスを見て続けた。

「魔法も使えない劣等剣士なんて、もう用無しだって言ってるんだよ」

仲間だと思っていた人間からの無情な宣告に、エルディから感情の波が失われていく。

まさかパーティーを結成した当初の仲間から、そんな言葉を投げ掛けられるとは思ってもいなかった。

エドワード＝ホプキンス――彼は最近パーティーに加入した魔法戦士だ。

剣技もさることながら、多彩な魔法を扱えて攻守ともに様々な局面で戦える優秀な前衛だった。

パーティーの攻守を全てひとりで担《にな》っていたエルディからすれば、心強い味方が入ったと思っていたのだが……彼が入った途端、この手のひら返しである。うんざりするにもほどがあった。

「エドワードが入ったから俺はもう用済み……そう言いたいのか？」

「ああ、そうだ。他に理由が必要かい？　このパーティーを立ち上げてくれてここまで大きくしてくれたことには、感謝しているけどね」

「てめぇ……ッ！」

エルディは舌打ちをし、ヨハンを睨《にら》みつけた。

エルディらが属するパーティー、〝マッドレンダース〟がS級へ昇格したのは、つい先日のことである。エルディとヨハンが駆け出しの頃にこのパーティーを立ち上げてから、ふたりで協力しながらパーティーを育ててきた。

立ち上げから五年間、メンバーの実力が安定せずに苦労した時期が長かった。

様々なメンバーと別れ、交代を繰り返し、エドワードの加入によって完成した……はずだった。

〝マッドレンダース〟の中心は、もちろんヨハンとエルディのふたり。

いわば、ふたりは数年来の戦友だったのだ。少なくとも、エルディはそう思っていた。

「……イリーナとフラウは、このことを？」

エルディは重ねて訊いた。

イリーナとフラウは、〝マッドレンダース〟に所属する魔導師《まどうし》と治癒師《ちゆし》だ。

しかし、この場にいるのはエドワードだけで、ふたりの姿が見えない。

彼女たちはエルディとも親交が深く、少なくともエルディはふたりから頼られていると思っていた。あのふたりがこの決定に賛同するとは思えない。

「彼女たちには、明日伝えておくさ」

ヨハンは人の悪い笑みを浮かべて、そう言い切った。

「なるほど、お前の独断か」

「ああ。〝マッドレンダース〟のリーダーはこの僕だからね」

ヨハンの言葉に同調するように、エドワードが口角を上げる。

（こいつの入れ知恵……いや、共謀《きょうぼう》か？）

エルディはふたりの表情から事情を察すると、大きく溜《た》め息《いき》を吐《つ》いた。

到底納得できるものではない。

しかし、同時にここ最近のヨハンの様子を鑑《かんが》みれば、こうなるのも仕方ないのかな、とも思えてくる。

ヨハンは名誉欲《めいよよく》と承認欲求に取《と》り憑《つ》かれ始めていた。

戦いでも無茶をしがちで、司令塔《しれいとう》のエルディの指示を無視することもしょっちゅうだった。そこに拍車《はくしゃ》を掛けたのが、エドワード＝ホプキンスの加入だ。

ヨハンと彼は名誉や出世に対する欲が強いという意味では、非常に意気投合《いきとうごう》していたのである。

それを何とか押し留めていたのがエルディだったのだが、彼らにとってはそれが邪魔でならなかったのだろう。

(変わったな……ヨハン)

エルディは小さく溜め息を吐いた。

昔はこんな奴ではなかった。仲間想いで、パーティーやメンバーを第一に考えるような奴だったのだ。だが、A級に上がったあたりから名誉欲や自己顕示欲《じこけんじよく》に囚《とら》われ始めた。

エルディなりに仲間たちを想って今まで身を挺《てい》してきたつもりだ。しかし、その結果が邪魔者扱いの挙句に辺境地での解雇。

正直、堪ったものではなかった。

ただ、エルディとしても、暴走するヨハンを制御し続けるのにもそろそろ疲れていた頃合いだ。

もしかすると、潮時《しおどき》だったのかもしれない。

「そうかよ……まあ、そういうことなら承知するよ。イリーナとフラウにはよろしく伝えておいてくれ。じゃあな」

「待て」

エルディが背を向けて部屋から出ようとすると、ヨハンから強い語気で呼び止められた。鬱陶《うっとう》しげに振り返ると、彼は予想にもしなかった言葉を紡《つむ》いだ。

「武具はパーティーの共有物だ。あと、有り金もな。ここに全部置いていけ」

「……ヨハン。お前、正気か？」

エルディは元仲間の口から出た、山賊《さんぞく》さながらの言葉に愕然《がくぜん》とした。

ただパーティーから追い出すだけでなく、身ぐるみまで剥《は》ごうというのである。戦友に対する物言いではない。

「ああ。大真剣《マジ》だよ。真剣と書いてマジだ。その剣と鎧《よろい》は、これまでの〝マッドレンダース〟の活躍で手に入れたものだぞ？　いわば、〝マッドレンダース〟からの貸与物《たいよぶつ》なんだよ」

「この武具を買ったのも手入れをしていたのも俺だったように思うんだけどな」

「その金の出所はどこだ？　〝マッドレンダース〟だろう？　なら、当然返却すべきじゃないか？」

とんでもない言い分だった。

確かにギルドからの報酬《ほうしゅう》は〝マッドレンダース〟に渡され、そこからメンバーに分配される。出所としては間違っていない。

だが、これまで脱退したパーティーメンバーに対してこのような仕打ちはしていなかった。明らかにエルディに対してだけ、過剰《かじょう》に嫌がらせをしている。

そこで、視界の隅《すみ》でエドワードがにやりとしたのが見えて、意図を察する。

(ああ、なるほど。要するに、俺の魔法武具が目的ってことか)

エルディの持つ剣と鎧はいずれも高い魔力が付与されており、エドワードが持っているものよりも稀少性《きしょうせい》・性能ともに上なのだ。

これはエルディが魔法を使えないなりに仲間の役に立とうと思って高い金銭を費《つい》やして購入し、手入れしてきたものだった。それを取り上げて、同じ戦士でも魔法も使えるエドワードに持たせようという狙いなのだろう。

「バカバカしいにもほどがあるな……ほら、これでいいか?」

エルディはこれ以上ないほど大きな溜め息を吐いて、武具と金貨袋を床に投げ捨てた。

もともとは〝マッドレンダース〟の足を引っ張らないために買った魔法武具だ。

解雇されるのであれば、確かにもう必要ない。金を失うのは痛いが、生活費くらいならばすぐに貯められる。

むしろ、ここでいざこざを長引かせるほうがエルディにとっては無益《むえき》だ。

というより……ここまでヨハンが酷《ひど》い人間だとは思わなかった。

もう関わりを持ちたくなかったし、一刻も早くここを立ち去りたかったというほうが正しいのかもしれない。

「さすがに丸腰《まるごし》で死なれたら後味が悪い。こいつだけは餞別《せんべつ》でくれてやるよ」

ヨハンは鉄製の剣をエルディの前に投げ捨てた。

拾ってみると、どこにでも売っている安物の剣だった。

餞別というより、ただ余り物を押し付けただけのように思えなくもない。

「そうかい……お気遣い、感謝するよ。じゃあな」

エルディは冷めた瞳《ひとみ》でヨハンを一瞥《いちべつ》すると、その鉄製の剣を手に宿屋を後にした。

もう金輪際《こんりんざい》、二度と彼らと相見《あいまみ》えることはないだろう。そうなることを心から祈っている。

だからこそ、こうして彼らの条件を全て呑んだのだから。


宿屋を出てから、エルディは後ろで不器用に結ばれた自らの黒髪ポニーテールをいじり、大きく溜め息を吐いた。

「とはいえ……どうしたもんかな」

仲間と収入源、持ち金、さらには武器と防具。全てを失ったと言っても良い状況だ。

特に有り金全部は痛かった。このままでは生活どころか明日食うものにさえありつけない。

しかも、エルディが追放された村はその小ささ故に冒険者ギルドがない。簡単な依頼でも受けられたら金などすぐに貯めて装備も整えられるのだが、今は先立つものどころか依頼を受ける場所さえないのだ。

ヨハンたちとてS級パーティーなのだから、金には余裕があるはずだ。わざわざエルディの金を奪うほど生活に困窮《こんきゅう》しているわけではない。

おそらく、目的はエルディの足止めだ。

すぐに装備を買い直して他の街に移動し、冒険者ギルドに向かわれたくなかったのだろう。

S級パーティーの〝マッドレンダース〟が、立ち上げた時からいた仲間を追放しただけに飽《あ》き足《た》らず、身ぐるみまで剥いだとなれば悪評が広がる。

そうした話が広がらないよう冒険者ギルドのない場所で追放し、身動きが取れないようにしたかったのだろう。

(アホらし。そこまでするか、普通……？　つーかわざわざお前らのことどうこう言わねーっつの)

エルディは呆《あき》れ返って、もう一度溜め息を吐いた。

溜め息が枯渇《こかつ》しそうだ。

ただ、ヨハンの作戦は悔《くや》しいことに有効だった。

最低限の生活をしながら大きな街に移動するだけの費用を貯めるのには、かなりの時間を要する。

移動中にそこそこ強い魔物に遭遇《そうぐう》しても戦えるだけの武具を揃えるのはもっと大変だ。

この辺鄙《へんぴ》な村では、せいぜい素材を集めて換金してもらうくらいしか金を集める手段がない。

「やれやれ……クッソだるいな」

金のこと云々《うんぬん》よりヨハンと関わりたくない想いが先行して素直に従ってしまったが、最低限の金だけでもぶん取ってくれれば良かった。

イリーナたちの部屋を訪ねて金を借りようとも思ったが、彼女たちのことだから、事情を説明すれば怒ってヨハンに抗議《こうぎ》してしまうかもしれない。

もう彼に関わりたくないエルディからすれば、それも面倒だった。それに、他人に貸しを作るのもプライドが傷付く。

（とりあえず……こいつで稼《かせ》ぐしかないか）

エルディは腰にある安物の剣をちらりと見た。

こんな安っぽい剣を使うのは、それこそ冒険者を始めたての頃以来だ。

鱗《うろこ》や皮膚《ひふ》が硬い魔物相手に全力で叩《たた》きつければ、威力《いりょく》に耐えられず剣のほうがへし折れてしまうかもしれない。

しかし、戦えないわけではない。柔らかい部分を狙えば強い魔物とでも十分に渡り合えるし、エルディにはそれだけの技術がある。

魔法が使えない代わりに、剣技には磨《みが》きを掛けてきた。

ガラクタ同然の剣であっても、そこいらの魔物には負けないだろう。幸い、今夜は月が出ていて視界もそれほど悪くなかった。ある程度の魔物であれば、倒せるはずだ。

人里を離れるのはあまり得策ではないのだが、四の五の言っている状況でもないのも事実。

やるしかない。

「変な魔物と出会いませんように、ってな」

エルディは夜空に浮かぶ蒼月《そうげつ》にそう祈ってから、早速素材集めのために真夜中の草原へと出向いた。

これは新たな始まりで、新しい人生への第一歩……そう自分に言い聞かせ、気持ちを奮い立たせる。

しかし、この時のエルディはまだ知らない。自身の人生を根底から変えるような出来事が、この先に待ち構えていることを――

「あー、くっそ。何でこんなことを今更やらねーといけねーんだよ」

エルディは深夜の草原にて大蝙蝠《ジャイアントバット》を斬り伏せながら、毒吐《どくづ》いた。

大蝙蝠は弱く、冒険者初心者が腕試しとして戦う魔物だ。もちろん、エルディの敵ではない。

ただ、弱いが故に素材の価値も低い。

倒すのは簡単だが、暗い地面に落ちた無数の大蝙蝠を拾い集める作業が手間だった。

「つか、アホみたいに集まりやがって……こんなに倒してどうすんだよ」

そこいらに転がる無数の大蝙蝠の死体を眺《なが》めて、小さく嘆息《たんそく》する。

夜中に人がひとりで歩いているのが珍しいからか、大蝙蝠がエルディを見つけるや否や集まってきて無駄に戦う羽目になった。

ついつい倒し過ぎたが、全部集めていたらそれだけで荷物がいっぱいになってしまう。

(もうちょっと遠くまで行って高く売れそうな素材を持つ魔物を狩るほうがいいな……)

エルディは草原の奥地を見て、思案する。

人里から離れれば離れるほど魔物は強くなるし、凶暴性《きょうぼうせい》も増す。

普段のエルディならば恐れることもないが、今は防具もないし、武器は安物の剣だけだ。万が一この安物の剣で貫けないような魔物と遭遇してしまえば、こちらの命が危ない。

「まあ、何とかなるさ……ならなかったら、その時考えればいい」

エルディはそう独り言《ひとご》ちて、草原の奥地を目指した。

ただ、そうして歩いていながらも、何でこんなことをしているんだろうか、という疑問が頭に浮かぶ。

先程大蝙蝠と戦っている時からずっとそのことを考えていた。

もともとエルディには、世界で一番の剣士になるという夢があった。そのためにもまずは名を挙げよう――そう思って立ち上げたのが〝マッドレンダース〟だ。

ただ、いつしか世界で一番の剣士になるという夢も薄れていき、そのうち〝マッドレンダース〟を大きくすることしか考えなくなっていた。今となってはそれこそがエルディの生き甲斐《いがい》だったのだ。

だが、その〝マッドレンダース〟は奪われ、今はもうその生き甲斐さえない。

またゼロから立ち上げて、パーティーを育てていくのか？　再び〝マッドレンダース〟のようなパーティーを築《きず》けるまで、戦い続けるのだろうか？　そこでまたS級パーティーになれたとして、用済みとまた仲間から捨てられたらどうする？

考えただけでうんざりだった。

同じ道をまた辿るにしては、あまりに苦労が多過ぎる。

ならば、別の生き方をしてみたらどうだろうか？

成り上がるような生き方ではなく、もっと違う生き方。両親亡き後は頼れるものが剣しかなく、ずっと戦ってばかりの人生だった。

これを切っ掛けに、戦いをやめてのんびり暮らしてみるのもいいのかもしれない。

（ま、それは後だ。ともかく、さっさとギルドがあるところまで行かないとな。どうせ俺は、剣《これ》でしか生きていけないんだから）

エルディは自嘲《じちょうてき》的な笑みを浮かべて、夜中の草原に歩を進めたのだった。


そうして歩くこと数時間。

人里からだいぶ離れた位置に来たところで、ふと違和感を覚える。

（……あれ？　魔物の気配が、ない？）

普段なら、これくらい村から離れればそこら中を魔物が闊歩《かっぽ》していてもおかしくない。いつ襲われても仕方ないと思うほど感覚を研《と》ぎ澄《す》ませているのだが――周囲を見渡しても、魔物どころか動物の気配さえなかった。

あたりは静まり返っていて、小さな虫の鳴き声が聞こえるだけだ。

何かが変だ、とエルディは思った。

ただ魔物がいないだけではない。

このあたり一帯の空気がおかしいのだ。何故かとても神聖で厳《おごそ》かな感じがして、教会の大聖堂の中にいるかのような気分になってくる。

だが、そんな気分を真夜中の草原で味わえるわけがない。

(何だ、この雰囲気は……?)

異常な空気感にどんどん警戒心が募《つの》っていくが、謎の神聖さが不安や懸念《けねん》を和《やわ》らげてくるので、エルディとしては自らの精神をどう保てば良いかわからなかった。

長らく冒険者を務め、〝マッドレンダース〟では数多《あまた》の強敵と戦ってきた。だが、こんな経験は今までしたことがない。

(一体何が起こる……?)

警戒心を何とか保ちながら、エルディは剣の柄《つか》に手をやり周囲を見渡す。

次の瞬間――目の前に閃光《せんこう》が迸《ほとばし》ったかのように、光が放たれた。

咄嗟《とっさ》に宙を見上げると、上空に穴が空いており、光はそこから溢《あふ》れていた。

「な——ッ!?」

なんだこれは、と言おうと思ったが声さえも出なかった。

夜空に空いた穴からは光がとめどなく溢れている。

溢れ出る光は、神官たちが用いる神聖魔法のものとよく似ていたが、それよりももっと強い。

その穴からは強力な魔力が周囲に撒《ま》き散《ち》らされていた。

このあたりに魔物がいないのは、この神聖なる魔力に恐れをなして逃げ去ったからだろう。

一瞬やんだかと思えば、もう一度強い光が夜空を覆《おお》った。

エルディは眩《まぶ》しさに耐えられず、反射的に片手で目を覆う。

光が収まったのを確認してから、再び夜空に視線を戻すと——そこには、ひとりの少女の姿があった。銀髪の少女が、白い翼を夜空に広げていた。

「てん、し……?」

この少女と似た存在を、教会の壁画《へきが》で見たことがある。

天使——確か、天界に住んでいて、神の従者だとかそんな扱いだった気がする。ただ、天使は人の世には姿を現さないため、それこそ教会が語り継ぐ神話・伝承に登場する程度の存在だ。

まさかそんな天使を目の前にするとは思わなかった。

なんとなくその神々《こうごう》しいものに手を伸ばそうとした時……エルディの手が、ぴたりと止まる。

美しく綺麗だった白い翼の色が、徐々に変わり始めたのである。

穢《けが》れを知らぬ純白から、邪悪なる漆黒《しっこく》へと。

「堕天使だと……!?」

エルディは鞘《さや》から剣を抜き放って、構えた。

堕天使——天界から追放された天使で、世界に災《わざわ》いをもたらす存在だ。

エルディとて細かくは覚えていないが、遥か昔、堕天使によってひとつの大国が滅《ほろ》ぼされたとする伝承が残っている。他にも堕天使がもたらしたと言われる災いはいくつかあるそうだ。

伝承の真相についてまではわからないが、今エルディは目の前で天使の翼が黒く染まる瞬間を見てしまった。

彼女がその伝承の堕天使と見て間違いなさそうだ。

少女はふわりと地面に降り立つと、俯《うつむ》いたまま地面に両膝《りょうひざ》を突いた。

(どうする……戦う、か?)

エルディは自らの剣を見て、引《ひ》き攣《つ》った笑みを浮かべる。

万全の状態ならともかく、今手元にある剣は安物のナマクラ。とてもではないが、堕天使と渡り合えるとは思えない。

それに、彼女は周囲の魔物が残らず逃げ去ってしまうほどの魔力を持っている。仮にエドワードに装備を渡していなくても、まともに戦えるかどうかは怪しいところだった。

エルディはちらりと背後を見る。

一直線に行けば、ドンディフの村がある。

だが、万が一堕天使がエルディを追い掛けて村に辿り着けば、おそらくひとつの村が地図から消え去ることになるだろう。

村には〝マッドレンダース〟がいるが、他の冒険者パーティーがいる気配はなかった。

〝マッドレンダース〟と共闘したところで、相手が堕天使ではその未来が変えられるとも思えない。

少なくとも、村に近付けるわけにはいかなかった。

自分が死んだ後にどうなろうが知ったことではないが、自分のせいで大勢の人間が死ぬのだけは避けたい。

(それに、俺にはアレがある。一太刀《ひとたち》くらいは浴びせてやるさ)

どれだけ戦えるかわからないが、やり合うしかない——そう腹を括《くく》った時だった。

「あの……すみません」

俯いたままの堕天使が、エルディに声を掛けた。

彼女の声はか細く、聞く者の心を和《なご》ませる可愛らしさがあった。

まさか話し掛けられるとは思っておらず、エルディは目を瞠《みは》る。

「あなたは……剣士、なんですよね？」

伏目でエルディの剣を見て、堕天使の少女が訊いた。

「……？　一応、な。さっき仲間に身ぐるみを剥がれたばかりの、情けない剣士さ」

エルディは自嘲し、軽口を叩いてみせた。

もちろん、堕天使の一挙一動には全神経を尖《とが》らせている。一瞬でも動けば、すぐに攻撃を仕掛けるつもりだった。

彼女は言った。

「そうですか……それは、災難《さいなん》でしたね」

「ああ、災難だ。ただ、深夜に堕天使と出くわすほどじゃないさ」

「……そうでした。それも、そうかもしれません」

少女は横目で自らの背を見て、口元に苦い笑みを浮かべた。

「あの、剣士様」

「なんだい？」

「初対面の方に、こんなお願いをするのも心苦しいのですが……」

そこで、堕天使は顔を上げた。

目の前にいたのは、教会の壁画から出てきたかのような美しい少女だった。

月光が照らす柔らかな光の中、彼女の顔は薄蒼色を帯びていた。白銀色の髪が優雅《ゆうが》に彼女の肩を撫《な》で、煌《きら》びやかな飾りが耳元で静かに瞬《またた》いている。

大きな碧眼《へきがん》は子供の無邪気さと聖母の優しさを映し出し、堕天使であるはずの彼女からは温かさと親しみやすさが溢れていた。

愛らしさもありつつ、清楚《せいそ》だとか楚々《そそ》だとかといった言葉が似合う顔立ち。

しかし――その美しい瞳は今、深い悲しみに満ちていて、頬《ほほ》には涙の跡が残っている。

少女はその碧眼の瞳で、まっすぐにエルディを見つめていた。

彼女の浮世離れした美しさに、エルディは思わず固唾《かたず》を呑む。

こんなにも美しい少女を前にしたのは、人生で初めてだった。

堕天使の少女は固まるエルディを気にも留めず、その碧眼からひとしずくの涙を零《こぼ》し、こう懇願《こんがん》した。

「私を、殺してくれませんか？」

「……は？」

堕天使の少女の嘆願《たんがん》に、エルディは困惑を覚えた。

意味がわからない。

殺される覚えはあれど、殺してくれと願われる覚えはなかった。

「私が許されるにはもう、それしかないんです……お願いします。こんな醜《みにく》い翼でなんて、私は……ッ」

少女は自らの黒い翼を見てから、両手で顔を覆って涙した。

頬に涙の跡が残っていたところを見ると、ずっと泣いていたのかもしれない。

それにしても、どういうことなのだろうか。

さっぱり事態がわからなかった。

堕天使は悪《あ》しき存在、地上に災厄《さいやく》を振り撒くものと聞いていたのに、目の前にいる堕天使からはそういった気配が全く感じられない。

「わざわざ人の手を借りなくても、死にたきゃ勝手に自分で死ねばいいだろ」

エルディは真っ当な返事をしたつもりだった。

だが、彼女は「できないんです」と首を横に振る。

「できない？　どうして？」

「私たち天使は神により生み出された身ですから……当然、自害は許されていません」

「教義《きょうぎ》には逆らえないってことか」

エルディの言葉に、堕天使の少女はこくりと頷く。

教会の教典では、自害が固く禁じられている。自害した者は一生地獄《じごく》で苦しむと言われており、信者にとって自害とは犯罪と同じくらい罪深い行為だそうだ。

そういえば、〝マッドレンダース〟の治癒師・フラウも自殺者を見て嘆《なげ》いていた。

神の使いの天使ともなれば、尚のこと赦《ゆる》されないだろう。

「あんた、堕天使なんだろ？　じゃあ、神の教えになんて従う必要ないじゃないか」

「そういう話ではありません。私たちには、その行為そのものができないんです」

信者は自らの信念や意思で自害を行わない。

だが、神から生み出されたとされる天使は、その行為そのものが先天的に封じられているのだという。

「なるほどな。それで、殺してくれ、と」

「はい。私には、もう……生きている価値などありませんから」

堕天使の少女は項垂《うなだ》れ、涙を地面に落とした。

心から背信《はいしん》しているわけではないが、何らかの教えに背《そむ》いてしまった結果、堕天使にされてしまった、と。おそらく流れから汲み取る限りは、こういった感じだろうか。

「なあ、あんた。ひとつ質問していいか?」

「はい、何でしょう?」

「堕天使ってのは、地上を荒らし回る存在なんじゃないのか?」

エルディは抱いていた疑問を素直に訊いた。

出会ってからこれまでの間、この堕天使の少女から伝承のような悪しき気配を一切感じていない。

それが不思議でならなかった。

彼女はただ自らの行いを悔いて、死にたがっているだけだ。地上を荒らして回ったり、街や国を滅ぼしたりする気概がこの少女にあるとは到底思えない。

「……どうして、堕天使がそんなことをするのでしょうか?」

エルディの問いに、少女は顔を上げて不思議そうに首を傾げた。

その目尻には、先程までの涙を残したままだ。

無邪気な仕草と涙のギャップに、なんとも言えない微笑ましさを感じてしまった。

「いや、知らないけど。そんな伝承が残っているんだ。だから、あんたが現れた時はびっくりした」

「そんなッ。堕天使はあくまでも天界を追放された天使を指す呼称です。物質界に迷惑を掛けるなど有り得ません、と堕天使の少女は小さな声で付け足した。

堕天使が国を滅ぼした云々の伝承はかなり眉唾物《まゆつばもの》、ということなのだろうか。

まだ彼女の言葉を信用したわけではないが、この少女にはエルディを騙《だま》す必要がない。それに、嘘を吐いているようにも思えなかった。

「天界を追放、ね……」

先程ヨハンから言われた言葉が脳裏を過《よぎ》る。

何かしらの掟《おきて》を破ったから追放されてしまったのだろうが、それだけで本当に彼女が悪いのかは判断できない。というか、少し話してみた限り、この少女が悪人とも思えなかった。

「悪いけど、特段危害を加える気もない女の子を殺すのは俺の主義に反する。あっちのほうに小さな村があるから、そこを滅ぼしてみたらどうだ？　そうすれば俺にもあんたを殺す理由ができるんだけど」

エルディは少しカマを掛けてみた。

これにどう答えるかで彼女の本質が見抜けると思ったのだ。

だが、反応を待つまでもなく、彼女は両手をこちらに突き出して、ぶんぶんと首を横に振った。

「む、無理です！　私にそんなことができるわけないじゃないですか！」

「それだけの魔力を持ってるんだ。村ひとつ吹き飛ばすことくらい簡単だろ？」

「そういう話ではありません！　私がしたくないんですッ」

堕天使の少女はあたふたとした様子でエルディの提案を拒絶《きょぜつ》する。

おそらく、本心なのだろう。

これもエルディの予想通りの反応だった。やはり、この堕天使の心は善人そのもの。いや、人ではないのだけれど。

ただ翼が黒いだけで、人々が思い描く天使とそう大差ないように思えた。少し幼い印象があるが、もしかするとそのあたりに追放された原因があるのかもしれない。

エルディは小さく溜め息を吐くと、剣を収めて彼女の前に片膝を突き、目線を合わせた。

「なあ、堕天使さん。あんた、何で天界を追放されたんだ？　俺にはあんたが悪い天使には思えないんだ。人間相手で何だが、よかったらあんたの事情を聞かせてくれないか？」

その言葉に堕天使の少女は大きく目を見開いて、その碧眼にエルディを映した。

信じられない、とでも言いたげな表情だ。

「何を言ってるんですか……？　天界を追放されて、もう存在意義も何もかもを失ってしまって……天使失格なのに」

「だから？　それがどうかしたか？」

エルディの返答を予想していなかったのか、彼女は「えっ？」と顔を上げた。

「天界がどうの存在意義がどうのとかってのはあんたらの常識だろ。そもそも、こっちの連中は天界のことなんてほとんど知らないんだ。あんたがどう天使失格で何が悪いとか、その話だけじゃ何も判断ができない。だから、教えてほしいんだ」

これまでのやり取りを経て、エルディにはこの少女がそう悪いことをしたとは思えなかった。

天界の掟や教えに反するということはあったのだろうが、その価値観がこちらにも当てはまるのかは聞いてみないことにはわからない。ならば、話だけでも聞いてみても良いのではないだろうか。

何せ、エルディ自身も身ぐるみを剥がれて追放されたばかりの身。いわば、似た境遇だ。

どうにも他人事には思えなかった、というのもあるのかもしれない。

「本当に……私なんかの話を聞いてくださるのですか？」

「ああ。幸か不幸か、あんたのおかげでここら一帯の魔物は逃げちまったしな。堕天使さんとお喋りしながら月見と洒落込むのも悪くない」

まるまると太った月を親指で差して、口角を上げてみせる。

堕天使の少女はいまだに信じられないのか、呆《ほう》けた様子でエルディを見ていた。

「と、その前に……」

エルディは一旦言葉を区切って、有翼の少女の前に右手を差し出した。

「軽く自己紹介だけしとこうか。俺は冒険者のエルディ＝メイガス。エルディでいいよ。あんたは？」

おそるおそる、といった様子で彼女はエルディの手を取った。

どうやら、握手という人間の文化は知っているらしい。

エルディが彼女に向けて柔らかい笑みを向けてみせると、堕天使の少女も面映《おもは》ゆそうに笑って、首をほんの少し傾けた。

その笑顔はこの世のものとは思えないほどの美しさだった。

「ティア＝ファーレルと申します。少し前まで、天使をやってました」

月光がふたりを照らす中、ふたりはもう一度笑顔を交わし合う。

これが、パーティーを追放された者と天界を追放された者の邂逅だった——。

2

「よろしく、ティア」

「はい、エルディ様」

少し恥ずかしそうに、そして緊張した様子でエルディと握手をする堕天使・ティア。

堕天使と人間の握手など、きっと人類史では初めてだろう。だが、黒い翼がある以外はあまりに普通の少女と大差がないので、エルディ自身にもそんな大それたことをしている実感はなかった。

「さ、様《さま》って……まあ、いいか。それで、事情というのは？」

立ち話もなんだし、とエルディは地面に腰を下ろし、ティアにも座るよう促す。

彼女は「失礼します」と丁寧にお辞儀《じぎ》してから、エルディの隣に座った。

「はい……簡単に言うと、やってはいけないことをしてしまいました。でも、私はそれが間違っているとは思えなくて――」

「ちょっと待った。そもそも、天界やら天使やらがよくわかってないんだ。そこから教えてくれないか？」

「あっ……すみません。そうですよね」

ティアがいきなり本筋から話そうとしたので、エルディは一旦制止させ、天界の知識から説明してもらった。

曰く、この世界はエルディたちが暮らす物質界と神や天使らが暮らす天界、そして魔族が暮らす魔界というものに分かれているそうだ。

今回の話と関係ない魔界の詳細は省いて、ティアは説明を続けた。

天使には、大きく分けて、三つの仕事がある。

神様の意志を人々に伝える『伝道師《でんどうし》』、死した魂《たましい》が天界まで辿り着けるかを見守り、時には案内する『魂の導師《どうし》』、そして物質界で問題が生じていないかを監視する『監察師《かんさつし》』の三種だ。

監察師は物質界の勉強も兼ねて、若い天使が任されることが多いらしい。ティアも監察師の任務を命じられた天使のひとりだった。

そうして物質界を観察していたティアに、ある日問題が生じる。街まで旅をしていた行商人一家が魔物に襲われ、殺され掛けていたところを目撃したのだ。しかも、家族にはまだ生まれて間もない赤子もいたらしい。

ティアはその赤子と家族を助けてしまった。魔物を撃退し、瀕死《ひんし》の傷を負っていた両親を魔法で癒したのだ。両親は意識を失っていたし、赤子はきっと彼女が何者かは認識できていないので、一見問題はないはずである。

だが、監察師には定められた規律があった。物質界への直接的な介入が禁止されていたのだ。ティアの赤子救済は、まさしくその規律に違反するものだったのである。

エルディはそれくらい良いじゃないかと思ったが、どうやら天界ではご法度《はっと》とされているらしい。意図的に誰が生きて誰が死ぬかを天界が決めることになってしまうからだそうだ。言われてみれば、納得の理由である。

結局、ティアはその責任を糾弾《きゅうだん》されて、天界からの追放処分となった。その結果が、今回の堕天使化である。

そして、天使の身分を剥奪《はくだつ》されて物質界に堕とされた天使は、白い翼を失う。ひとたび堕天使となれば天界への出入りは禁じられ、二度と元の天使に戻ることはできないそうだ。

ティアは悲しげな眼差しを地面に落として、言った。

「私は……確かに監察師の規律を破りました。なので、処分を受けるのは当然です。でも、自分が間違ったことをしたとも思えなくて」

「というと？」

「仕事以前に、天使には『物質界の人たちを幸せにする』という大きな役目もあるんです」

ほう、とエルディは声を漏らす。

ティアは人を助けて罰せられたというのに、天使には人を幸せにする役目があるという。何やら話がきな臭くなってきた。

「監察師が物質界を視《み》るのは、災いをもたらすものが現れていないかを確認する意図もありました。その観点から考えると、あそこで私が赤ちゃんを助けたのが間違っているとも思えなくて。ですが、そう弁明をしたら、追放処分を受けてしまいました……」

「なるほどな」

確かに、ティアの話を聞く限り、天界側に矛盾《むじゅん》があるようにも思える。

天使は人々を幸せにする存在であり、神の意志を伝える者がいる。その反面、物質界に介入してはならないという。

だが、神の意志を人々に伝え導くこと自体、物質界に介入していると言えないだろうか？

監察師と伝道師では役割が異なるから、というのがきっと天界の言い分なのだろうが、それにしてもティアの処分が重過ぎる。

二度と天界に入れず、堕天使としての烙印《らくいん》を押すなど、あまりに酷いのではないだろうか。

(もしかすると……天界側としては、そこの矛盾を突っ込まれたら困る理由があるのかもな)

エルディは何となくティアの話を聞いて、そんな感想を抱いた。

建前としては物質界には介入しない、でも本当はそこかしこで関与している、とすればどうだろうか？

たとえば……天界を追放された堕天使が地上で生き難いように、堕天使を恐ろしい生き物であるかのように吹聴《ふいちょう》する、だとか。天界の傀儡《かいらい》が実はどこかの国を治めていて、その影響力を高めている、だとか。

もちろん、真相はわからない。ただ、ティアの弁明がそのあたりの禁忌《きんき》に触れそうになったから、重い処罰を与えた——そうは考えられないだろうか？

おそらく、彼女は天界の触れてはならない裏側に接触しそうになったのだ。

それを隠すため、天界側によって彼女は追放され、白い翼は真っ黒に染められてしまった。そう考えると、色々辻褄《つじつま》が合う。

ティアはきっと……ちゃんと〝天使〟をやり過ぎたのである。

「おおよその事情はわかったよ。それで、ティアはどうしたい？」

「……？　どうしたい、とはどういうことでしょう？」

「自分の弁明こそが正しいと主張して、また白い羽に戻りたいのか？　って意味さ」

「それは……どう、なんでしょうか」

エルディの問いに、ティアは言葉を詰まらせた。

俯いて、その碧眼の瞳を揺らす。

「多分、もうそれを諦《あきら》めてしまったからこそ……エルディ様に、あんなお願いをしたのかもしれません」

殺してください――ティアは出会い頭に、そう懇願した。

あの時の表情を思い出すだけで、彼女の切実で悲痛な想いが伝わってきて、エルディの胸がずきりと痛む。

彼女にとってこの黒い翼は、これまでの自身の存在理由そのものを否定するものでもあったのだ。

「よし、ティア。ちょっと質問の系統を変えようか」

エルディは脳裏に浮かんだ彼女の悲痛な表情を振り払い、声色をやや明るくした。

「何でしょう？」

「堕天使になると、天界に戻れない以外にどんな不都合があるんだ？」

これもエルディの気になっていた部分だった。

どうして堕天使になるかの理由は先程のティアの説明で理解できたのだが、実際に堕天使になった時の制約などについては一切触れられていなかった。

一度堕天使になってしまってもう元に戻れないというなら、これから彼女が生きていく上で大切なのは、むしろこちらだ。

「え？　不都合、ですか？」

ティアはきょとんとした様子で首を傾げてそう言った。

「そう。たとえば、何か生きる上で制限が掛かるとか……何かができない、とか。そういうのはないのか？」

「それでいうと、不死ではなくなる、とかくらいでしょうか……？」

「え、それだけ？」

肩透かしを食らった気分だった。

天使の象徴《しょうちょう》である白い翼を奪うくらいだから、生きていく上でも色々な制約があると思っていた。

「それだけです。もちろん、伝承のように地上で暴れ回れば、きっと天界から討伐《とうばつ》されてしまうのでしょうけど……大人しくしている限りは、きっと人間と変わらないと思います」

「まあ、それもそうか」

もし世界の秩序に何かしら影響を与えるとわかれば、きっと処分されてしまうのだろう。

ある意味、ティアは人格的に問題を起こしそうにない天使だったからこそ、追放処分で済んだのかもしれない。

他の天使たちへの見せしめも兼ねて、ではあるだろうが。

「じゃあ、あんまり不都合はないんだな」

「もちろん、生活する上ではそうなんですけど……完全に不都合がないかと言われれば、そういうわけではなくて」

「というと？」

「単純に、私たち天使にとっては『天使ではなくなる』ということそれ自体がとっても大きな問題なんです。私たちは天使として生まれて、これまで育ってきたので……他の生き方を知りません。その過程で、堕天使は魔族や魔物と同じような存在として教えられていて……」

ティアはそこで口を噤《つぐ》んだ。

堕天使になること自体がこれまでの自分を全て否定することと同義なのだろう。

人間と天使ではもちろん価値観は異なる。

彼女たちにとっては『天使であること』が生き甲斐というか、信仰心というか、人生の全てであった。それはもしかすると、彼女らにとっては誇り以上のものなのかもしれない。

そして、成長の過程で『堕天使は魔族や魔物と同じような存在』と刷《す》り込《こ》まれ、自分がその存在になったともなれば、そういった誇りや精神的支柱が奪われる。

彼女が『殺してくれ』と頼んだ理由もわかる気がした。

「なるほどな……じゃあ、新しい価値観のもとで生きるしかないんじゃないか？」

エルディは一連の流れを聞いて、ティアにそう提案した。

「え？」

言葉の意味がわからなかったのか、彼女は不思議そうに首を傾げている。

「天使としてもう戻れないなら、今の姿で生きるしかない。でも、天使の時の価値観のままだと、今の姿はあまりに辛い。そうだろ？」

「それは……はい」

ティアは自身の黒く染まった翼を見て、哀《かな》しげに頷いた。

そんな彼女の肩に手を置いて、エルディは笑みを浮かべてこう言った。

「だったらさ……ティア。俺たちの価値観の中で、新しく生きてみないか？」

「エルディ様たちの価値観……？」

「そう。天使とか堕天使とか考えるのはやめてさ、俺たち人間の世界で生きてみるんだ。実は、俺も……仲間から裏切られたばっかりで、これから先どうやって生きようか悩んでたところでさ。お互い似たような境遇だし、ここはひとつ新しい生き方でも模索《もさく》してみないか？」

もちろん上手くいく保証なんてどこにもないけどな、と付け足して、肩を竦《すく》めてみせる。

元天使である彼女がこの世界で上手く生きられるかどうかは、実際にやってみないとわからない。ただ、このまま思い詰め続けて苦しんだままでは、それこそ伝承のような本当に悪い堕天使になってしまいかねない。

それはあまりに憐《あわ》れだ。

「そっか……そんな考え方があったんですね」

しばらく黙り込んで考えていたティアは、感心したようにそう呟き、ひとりで頷いた。

「……私、これから絶望に暮れるだけの人生だと思っていました。他に役目や意志を与えられていない存在でしたから、天使でなくなった時にどうやって生きればいいのかもわからなくて。でも……エルディ様の言う通り、新しい生き方を模索することも、今の私ならできるんですね」

「ああ。それは、天使だったらできなかった生き方でもあるからな。監察師とか伝道師みたいな本来の天使としては生きられないが、別の選択肢ができたって思えば良いんじゃないか？」

「確かに……！　エルディ様、凄いですっ」

「別に俺は何も凄くないんだけどな」

そこまで褒《ほ》められてしまうと、何だか照れ臭い。

別に、それほど大層なことを宣《のたま》ったつもりはなかった。

ただ、思いついたまま提案しただけである。

「そんなことありません。エルディ様は、とても素晴らしい方だと思います」

堕天使の少女は感嘆した様子で改めてそう言うと、嫣然《えんぜん》とした笑みをエルディに向けた。

その笑顔は、まさしく天使の笑顔のそれだった。

背中の翼が黒いことなんて一切気にならない、美しい笑顔。

何かを発見したような、その提案に惹かれているような、好奇心と慈愛《じあい》に満ちた柔らかい笑み。

その笑顔に全く惹かれないかと言えば、嘘になる。

「で、どうだ？　差し当たって、追放された者同士で行動するってのは」

自分の中に浮かび掛けた感情を振り払って立ち上がると、エルディはティアに手を差し伸べた。

彼女は柔らかく微笑んでその手を取り、こう答えたのだった。

「はい……是非。ご一緒させてください、エルディ様」


「ところで、エルディ様」

「ん？」

「エルディ様は、どうしてこんなところにいるんですか？　今って深夜ですよね？」

ティアは月の位置をちらりと確認してから、エルディに訊いた。

夜中に人里離れた草原を剣一本でうろついているのは、天使から見てもおかしな状況だったようだ。

「それについては、さっきちょっとだけ話した追放された云々に関わってくるんだけど……」

エルディはここに至るまでの事情を説明した。

事情といっても大したものではない。パーティーを追放された時に装備や財布などを奪われ、当面の生活費と移動費を稼ぐために魔物を狩って素材を集めているといった程度だ。

その経緯をやや自嘲的に説明すると、ティアが不思議そうに尋ねた。

「装備やお財布は取り返さなくていいんですか？」

「……どうやっても解り合えない人間と話し合うことほど無益なものはないからな。腹が全く立たないかと言えば嘘になるけど、それよりか縁を切りたい気持ちのほうが強いんだ」

「そうなんですね……わかりました！」

ティアはエルディの返答に、にっこりと笑顔で応えた。

もしここで取り返したい、と言っていたらどうなったのだろうか。

もしかすると、堕天使の力でヨハンたちを懲《こ》らしめてくれたかもしれない。

それはそれで見てみたいが、エルディの気持ちとしては『新しい生活』のほうへ向いていた。

堕天使となって生きる糧《かて》や道しるべさえも失ってしまったティアに、物質界の価値観や文化、そして生活方法を教えなければならない。

それは彼女にとって生きる希望とも言えるのかもしれないし、同時にエルディの生き甲斐に繋がるかもしれない。

きっと、報復云々を考えるよりも、そっちのほうが今のエルディたちにとっては有意義だ。

「では、当面の困り事は移動でしょうか。どこまで行きたいんですか？」

「とりあえず冒険者ギルドがある街ならどこでもいいんだけど……ここからならリントリムの街あたりが理想かな」

周囲の地図を頭に思い浮かべて、エルディは言った。

まずは冒険者ギルドがあるところまでいかないと、資金を確保できない。

ドンディフの村で素材集めをしながら換金して細々と生活することもできるだろうが、あまりに効率が悪い。ある程度まとまったお金を手にするには、冒険者ギルドで仕事を請け負うのが一番だ。

ただ、リントリムに行くにしても、ドンディフの村を起点に数週間は素材集めをして路銀《ろぎん》を集めなければならないのだが……

「リントリムの街、というのはここからどの程度の距離でしょう?」

「そうだな……馬車で移動したら二週間程度といったところかな。このあたりは山道が多いから、時間が結構掛かるんだ」

リントリムはこの近辺にある街では一番大きい。

街というより、それはもはや小国。高い城壁で領土全体が覆われており、城壁の中に人が密集した街や森などがある。壁の中に国がある、という感覚だ。

エルディも過去に何度か立ち寄ったことがあるが、その規模は圧巻だった。あれだけ広い街なら依頼には困らないだろうし、ティアだって人間の生活に馴染《なじ》めるはずだ。

また、リントリムを選んだのは〝マッドレンダース〟が拠点を置いていたギルドとは離れているという理由もあった。

今回、〝マッドレンダース〟がこの村にいたのはヒュドラ討伐の依頼を請け負っていたからだ。

昨今ヒュドラが活発化し、領民を襲い出したので、領主から冒険者ギルドに依頼がなされた。ヒュドラは強力な魔物なので、当然S級パーティーの彼らに依頼が割り振られることになった。

ヒュドラの住処《すみか》はドンディフの村の北にある山を越えた先だ。

リントリムもこの村からは離れていないが、普段〝マッドレンダース〟が拠点としている街からはかなり遠い。

リントリムを拠点としていれば、彼らと顔を合わすこともないだろう。

「……その程度の距離なら、すぐに行けますよ？」

堕天使の少女は不思議そうに首を傾げて、エルディにそう言った。

「どういう意味だ？」

彼女の言っている意味がわからず、エルディは訊き返した。

山越えをしなければならないのにすぐに行けるわけがない。

「直接見てもらったほうが早いかもしれません。エルディ様、少し両手を上げてくださいませんか？」

「ん？　こうか？」

ティアが両手を肩くらいまで上げる動作を取ったので、彼女の真似をして、エルディも両手を上げた。

「失礼しますね」

一言断ってから、有翼の少女は後ろに回ってそっとエルディの腰に腕を回した。

彼女のたわわに実った二つの果実が背中にぎゅっと押し付けられる。

「ティ、ティア？　何を――」

するつもりなんだ、と問おうと思った時だった。

ふぁさっと宙に黒い羽根が舞い、黒い翼が広がって羽ばたく音がした――かと思えば、次の瞬間には視界が変わっていた。

下を見れば、先程までふたりが話していた草原は遥か遠くにあり、驚いて周囲を見渡せば、エルディの目線は山よりも高い場所にあった。

そしてもちろん、地に足が付いていない。

そう――エルディは今、空にいるのだ。

「お――？　おわあああああああ!?　おおおお落ち落ち落ち落ちうわあああああ！」

さすがのエルディも混乱した。

怪鳥《レイブン》と戦った際に両肩を捕まれて一瞬だけ宙に浮いたことはあったが、瞬きをするくらいの時間で山と同じ高さまで浮いたのは初めてだった。物質界の法則を無視しているとしか思えない。

「だ、大丈夫です、エルディ様！　絶対に落ちませんから！」

じたばたしていたエルディに対して、堕天使の少女は慌てて言った。

大丈夫と言われても困る。

有翼人種にはわからないかもしれないが、人間にとって両足が地面から離れるというのは、とんでもなく不安感を煽《あお》られるのだ。

「ほら……こうしても落ちませんから。ね？」

ティアはエルディの腰から手を離し、代わりに片手だけ手を繋いだ。

指と指が絡《から》み合《あ》わさって、しっかりと握り込まれている。

エルディとティアは、ふわりと夜空を浮遊していた。

決して彼女の身体に持ち上げられているわけではなく、まるで自分の力で空を飛んでいるような感覚だ。

「本当に落ちないのか……これ、どういう原理なんだ？」

「こうして手を繋ぐことで、私の魔力をエルディ様にも伝えています」

ティアは自らの背の黒翼を見て言った。

そこで、エルディも彼女の背中に視線を移して気付いた。

その翼は背中から直接生えているわけではなく、根本が透けていて、服の上から生えてるように見えるのだ。

「あれ？　今気付いたんだけど、その翼ってどうなってるんだ？」

「天使の羽根は空を飛ぶ力が魔力で具現化されているだけなんです。魔力の大きさに応じて翼のサイズも変わるんですよ？」

「なるほど……」

ティアは軽い感じで口にしたが、きっと教会の上層部でも知らないような大発見に違いない。

「じゃあ、消したりもできるのか？」

「はい。人里に降りる際は羽を隠すように、と教えられていました」

「そりゃそうだ」

もし天使が街中にいれば、それだけでパニックになってしまうだろう。

いや、もしかしたら、エルディが気付いていなかっただけで、天使とすれ違ったり、あるいは話したりしたこともこれまでにあったのだろうか。

天使が翼を隠して擬態《ぎたい》できるのであれば、その可能性もなくはない。

そう考えると、ティアの存在もそこまで珍しいものではないのかもしれない。

「それにしても……凄いな、これは。ちょっと言葉が出ない」

落ち着いて夜空を見てみると、これまで見た中で一番、月と星々が近くに感じられて幻想的だった。

「これが、ティアが普段見ている景色だったんだな」

「そうですね……こうして上から俯瞰的《ふかんてき》に見下ろすことが多かったです。私はあまり地上には降りないようにしていましたから」

「珍しく地上に降りたら天界から追放された、と」

「それは言わないでください……」

ティアはそう言って困ったような顔をしたが、すぐに笑顔に戻っていた。

「どうした？」

「いえ……誰かと見る夜空がこんなにも綺麗だとは思っていなくて。基本的に、物質界にいる時はずっとひとりでしたから」

柔らかく微笑むその横顔はあどけなさも残るような可愛らしい笑顔で、でもそれでいて綺麗で。

エルディはその横顔から視線を逸らすと、彼女と同じように夜空に目を向けた。

「そろそろ行きましょうか。飛んでいけば、朝には街に着けると思いますよっ」

ティアは嫣然《えんぜん》としてそう言うと、先程と同じように両腕をエルディの腰に回して翼を羽ばたかせた。

浮くだけなら手を繋ぐだけでも良いが、移動する時は抱えないといけないらしい。

後ろから抱きかかえられているところを想像すると、何だか恥ずかしかった。

その恥ずかしさはきっと、薄い布地越しに感じる彼女の柔らかい感触とあたたかな体温から来ているのだろう。

馬が走るよりも速く、夜空をぐんぐんと進んでいく。

このペースなら本当に朝には着いてしまうかもしれない。天使、凄過ぎる。

「あ、腰を抱えてしまっていますが、痛くないですか？　もし痛いようでしたら、お姫様抱っこ？というものにしますけど」

空を飛びながら、ティアが確認してきた。

「やめてくれ。今でも十分恥ずかしいんだ」

「そうなんですか？」

何が恥ずかしいのかわかっていなさそうな表情で、不思議そうに首を傾げる堕天使の少女。

エルディにとっての新しい日々が、ここから始まろうとしていた。

＊

エルディがティアとともに夜空の旅に出た翌朝。

ドンディフ村の宿屋では、早朝にちょっとした騒動が起きていた。黒いローブを纏《まと》った青髪の美しい女と、まだ幼さが残る緑髪の少女がパーティーリーダーのヨハンに詰め寄っていた。

〝マッドレンダース〟の魔導師・イリーナ＝エイベルと治癒師・フラウ＝ソーンリーである。

もちろん、騒動の発端《ほったん》はエルディの追放についてだ。

「ちょっと、ヨハン！　どういうこと⁉」

「エルディを解雇したって……これからヒュドラと戦うっていうのに、正気なの⁉」

イリーナとフラウが憤慨《ふんがい》する。

彼女たちからすれば、とんでもない愚策だった。

ふたりともエルディを信用していたし、同時に頼ってもいた。

彼がこのパーティーにとって、どれほど大きな存在かをよく理解していたのだ。

しかし、ヨハンは事の重大性を全く理解していなかった。

「ふたりとも、何をそんなに怒っているんだい？　これまでは魔法が使えないあいつの分まで報酬を分けてやらないといけなかったんだ。これからは四人でS級クエストの報酬を分配できる。それで十分じゃないか？」

「削《けず》れる人件費は削らないとな」

エドワードが軽い口調で同調した。

「人件費を削って死んだら意味ないじゃない！」

楽観視している男たちの言葉に、フラウが嘆くように怒声を飛ばす。

イリーナも気持ちとしては同じだ。

攻守の要《かなめ》であるエルディがいなくなって、最もその身を危険に晒《さら》すのは、これまで彼に守ってもらっていた後衛のイリーナとフラウなのだから。

しかし、ヨハンは怪訝《けげん》そうに首を傾げただけだった。

「……？　前衛は僕とエドワードがいれば問題ないだろう？　エドワードが入る前までは、僕ひとりで前衛を全てカバーするのは無理だった。でも、あいつより優秀な魔法戦士が入ったんだ。エルディがいる必要なんてどこにもないだろう？」

「はぁ……」

やっぱり気付いてなかったか、とイリーナは大きな溜め息を吐いた。

これはある意味、エルディ追放の事実を知った時から予想していたことだった。

〝マッドレンダース〟がS級パーティーに昇格できたのは、エルディのおかげに他ならない。前線で戦うだけでなく、パーティーを裏方から補佐《ほさ》していたのは、エルディだ。中間的な立ち位置で、状況に応じて前衛・後衛の両方を担ってくれていた。

だからこそ、我《わ》が儘《まま》ヨハンがリーダーのパーティーでも上手く回っていたのである。

だが、ヨハンは案の定その事実に気付いていなかった。

気付いていれば、エルディを解雇するなどという愚かな判断には絶対に至らないはずだ。

「あなた……本当に気付いてなかったの？　確かにエルディは魔法を使えないけれど、それを十分にカバーするだけの能力があったわ。戦力的なことを言うなら、今の私たちはエドワードが入る前より明らかに劣るわよ」

「おい、イリーナ。そいつは聞き捨てならんぞ。俺がエルディより下だと言いたいのか？」

イリーナの吐いた毒に、苛立《いらだ》った様子で反応したのはエドワードだ。

エドワードは怒気を孕《はら》んだ視線でイリーナとフラウを睨みつけた。

彼からすれば、解雇された剣士と比べられていることそのものが気に入らなかったのだろう。イリーナは彼の感情を察し、すぐに頭を下げた。

「ごめんなさい、エドワード。そういうつもりで言ったわけじゃないの。あなたはとても優秀な戦士よ。それはエルディも認めていたわ。でも……彼の強さは、そこだけじゃないのよ」

「どういう強さなんだ。あいつが俺より優《すぐ》れていると思う点を挙げてみろ」

イリーナとフラウは顔を見合わせてから、互いに困ったような表情を浮かべた。

その優れている点を上手く彼女たちも言語化できなかったのだ。

エルディは裏方として、パーティーが上手く回るようにサポートしてくれていた。いわば雑用を進んでやってくれていたように思う。

だが、それだけではない。戦闘面においても、彼はなくてはならない存在だった。

実際に、後衛の彼女らは、確かにエルディがいることで『戦いやすい』と感じていたのである。

イリーナとフラウも、これまでいくつものパーティーに参加し、様々な依頼を熟《こな》して来た。

だが、そのどれよりも〝マッドレンダース〟は戦いやすかったし、自らの力を活かせたように思う。

他のパーティーではあった、前衛が抜かれて自分たちが襲われるかもしれないという恐怖心を感じたこともなかった。攻撃魔法が飛んでくると身構える必要もない。

それは他ならぬエルディのおかげだ。

エルディがいると、どうしてか敵の魔法は不発に終わるのだ。

以前彼女たちは、エルディに何をしたのか訊いてみたが、はぐらかされただけだった。

エドワードだって優秀な戦士なのだから、イリーナやフラウを守りながら戦うことは可能だろう。

それに、彼は近接戦闘だけでなく、魔法戦にも対応できる。優秀な戦士であることには間違いない。

だが、エドワードはいわば攻めの戦士で、それに対して、エルディは守りの戦士。

イリーナとフラウは、そこに一抹《いちまつ》の不安を覚えていた。

本当にエドワードにエルディの代わりは務まるのだろうか、彼の後ろで今まで通り安心して戦えるか、と。

しかし、それを言ったところで彼はより不機嫌になるだけだろう。

「ほら、何も言えないではないか。俺があんな劣等剣士以下のはずがない。唯一あるとすれば武具の差だったが、それも俺が譲《ゆず》り受《う》けた。まさに、オーガに金棒《かなぼう》というやつだ。問題ないだろう？」

イリーナとフラウはちらりと目を合わせてから、エドワードを見やった。

彼が身に付けている魔法武具は、確かにエルディのものだ。

だが、どういうわけか今はエドワードが使用している。

（エルディのほうから進んで譲ったってヨハンは言ってたけど……本当にそうなの？）

もし自ら手放したとなれば、エルディは丸腰のままパーティーを追放されたことになる。

最初は武具を奪い取ったのでは？　と思ったが、まさか、とイリーナは自身の考えをすぐに否定した。

被追放者から持ち物や金銭を奪い取るのはギルド規定に違反している。さすがにヨハンといえども、そこまで愚かではないはずだ。

「ねえ……本当に、ヒュドラと戦うの？」

フラウが不安そうに訊いた。

「くどい。もうここまで来たんだぞ。僕らはＳ級パーティー〝マッドレンダース〟だ。ヒュドラを倒して、さらに富《とみ》と名声を得るのさ」

「……そうね。せっかく遥々こんな辺境まで来たんだし、とりあえずやってみましょう」

そう答えてから、イリーナはフラウと呆れた表情で視線を交わした。

実際に街からここまでの移動費のことを考えると、依頼を達成しなければ元が取れない。

だが、ヒュドラ討伐という危険な依頼を受けた時は、五人の〝マッドレンダース〟だった。でも、今はエルディを欠いた四人。果たして、彼がいない状態で同じように戦えるだろうか？

イリーナには、その自信がなかった。

話を終えて宿屋から出ると、フラウが不安そうにイリーナに訊いた。

「あたしたち、大丈夫かなぁ」

「さあ、ね。ヒュドラ相手に戦えるなら大丈夫だし、戦えないなら……大丈夫じゃないってことよ」

これ以外に答えようがない。

ある意味、ヒュドラとの戦いが、自分たちがこの立場に見合っているかの試金石であるとも言える。エルディ抜きでヒュドラとも渡り合えるならば、自他ともに認めるＳ級パーティーということだ。

「そうなんだけどさぁ……」

フラウが相変わらず浮かない表情のまま、不吉な言葉を紡ぐ。

「大丈夫じゃなかったら、たぶん死ぬじゃん？」

その通りだ。

問題は、四人になってから初めて戦う強敵が、ヒュドラだということ。せめて別の依頼で四人の連携を固めてから挑みたかったのだが……

ヨハンの頑《かたく》なな様子を見る限り、今回は仕方ない。

イリーナは嘆息して、こう言った。

「死なないように、頑張るしかないわ」

二章　新天地にて

1

堕天使・ティア＝ファーレルに抱えられること数時間。

彼女が夜通し飛び続けてくれたおかげで、朝方には本当にリントリムの街に着いていた。

半月近く掛かる場所に、ほんの数時間で到着できたことには、さしものエルディも驚きを隠せなかった。

天使の飛行能力は、エルディの持つ——というより人間の——常識を逸していたのである。

というのも、ティアたち天使の飛行能力は魔力が源らしく、飛行速度も鳥獣系の魔物よりも遥かに速かった。

しかも、魔力によって守られているので、身体への負担もないに等しい。

ほんのりと風を感じる程度で、風圧や気圧もほとんど感じなかった。

普通に考えれば、移動方法としてこの上なく便利である。彼女の翼があれば、世界というものは随分狭《せま》くなるだろう。

……可愛らしい少女に後ろから抱えられている、という恥ずかしさを考えなければ、ではあるが。

途中、抱えられている箇所が痛いなどと言おうものなら、きっとお姫様抱っこをされてしまっていたに違いない。

「できれば、今後は空の移動は控えたい……」

空の旅を終えたエルディが、ぼそっと言った。

「どうしてでしょう？　速いですよ？」

「それはわかってるけど、よっぽどの事情がない限りは……」

「……？」

羞恥《しゅうち》にまみれて落ち込んだ様子のエルディを見て、ティアは不思議そうに首を傾げるのだった。

ともあれ、ちょうど街が目覚めた頃合いに到着できたので、どこかで時間を潰す必要もなさそうだ。

ふたりはリントリムの郊外に降り立つと、その足で街に入った。

街は壮大な城壁に囲まれており、その堂々たる姿が遠くからでも確認できる。

城壁の扉をくぐると、賑《にぎ》やかな市場が広がっており、そこには様々な商品が並んでいた。

リントリムの朝は早い。

朝日が昇って間もないというのに、市場は賑わいを見せており、多くの人々が行き交っている。

仕事前に腹を満たそうという人たちに向けて、飲食系の出店も多く出ていた。

色とりどりの布、香辛料《こうしんりょう》、新鮮な果物と野菜、そして鍛冶屋《かじや》や陶器屋《とうきや》などの職人たちが作る品々が並ぶ。

市場の喧騒《けんそう》の中で、商人たちは声高に商品を宣伝し、街の住民や旅人たちは品物を手に取って見ていた。

石畳《いしだたみ》の道を進むと、中央には大きな広場があって、泉の彫刻《ちょうこく》が飾られている。

昼を過ぎると人々が集まり、旅芸人たちが演技を披露《ひろう》する姿も見られる場所だ。広場の周囲には多くの店舗《てんぽ》、酒場、宿屋が立ち並び、旅人や商人、地元の人々で賑わっていた。

「わあ……っ」

初めて入る人間の街に、ティアは興奮を隠せない様子だった。きょろきょろと小犬みたいにあたりを興味深そうに見ているのが何だか面白い。

ちなみに、彼女の背に今は黒い翼はない。

どうやら本当に翼を隠せるらしく、それを確認したエルディはほっと安堵の息を吐いたものだ。黒い翼《あんなもの》を人前で出されては、さすがにどう言い訳をすれば良いのかわからない。

魔力を用いる時には翼が出てしまうようだが、使わなければ翼は隠し通せるらしい。天使の魔力源みたいなものなのだろうか？　仕組みはまだまだ謎が多い。

黒い翼がない状態のティアは、どこにでもいそうな愛らしい少女にしか見えなかった。

いや、雪景色のように美しい銀髪に天界の白いローブの組み合わせなので、普通というより何だか聖女みたいな出で立ちになっている。

彼女が聖女だと紹介されたならば、エルディは間違いなく信じてしまうだろう。少なくとも堕天使だとは思うまい。

さて、その聖女のような堕天使様はというと……

「フルーツサンドというのはどういった食べ物なのでしょう⁉　わっ、串焼きも美味しそうです！　マナバイソンのお肉ってどんな味なんですか⁉」

瞳を物凄くキラキラと輝かせていた。

食べ物屋に興味津々《きょうみしんしん》なようで、先程から道に並んでいる屋台ばかりに視線を奪われている。どんな料理かはお構い無しだ。

「ティア、もしかして腹が減ってるのか？」

そんな彼女の様子を見て、エルディが訊いた。

「え？　いえ……そんなことは」

ティアが否定しようとしたところで、タイミングよく『ぐうぅぅ』と彼女のお腹が鳴った。その愛らしい顔には似つかわしくない音だったので、思わず笑いそうになってしまった。

「……減ってるんだな」

「す、すみません」

顔を真っ赤にして、ティアは顔を伏せた。

夜通し飛んでいたわけだし、魔力や体力もそれなりに消耗しているだろうから、お腹も減って当然だ。

「何か食わせてやりたいところなんだけど、さっきも言った通り、文無しなんだ。先にギルドに行っていいか？　簡単な依頼をいくつか熟《こな》して、食費を稼いでくるよ」

「お仕事ですか？　それなら私もお手伝いしますよっ」

何故か顔を輝かせて、手伝う気満々の堕天使様。

天使時代も頑張り屋だったようなので、仕事やら任務というものに惹かれるのだろうか。

ただ、簡単な依頼に天使パワーをぶん回されたら、そっちのほうが騒ぎになりそうだ。

「いや、ずっと飛んでて疲れてるだろ？　どこかで休んでおいてもらってもいいんだけど」

「休んでいろと言われましても……」

エルディの提案に、ティアは困り顔で顎《あご》に人差し指を当てた。

「どうした？」

「いえ、どこでどう休んでいいのかもわからないんです」

ティアは恥ずかしそうに笑って、肩を竦めた。

それもそうだ。彼女は人里に降りたのは今日が初めてで、どう振舞っていいかもわかっていない。

前提知識などはあるみたいだが、ひとりで暇を潰すのは難しいだろう。

「それに……」

「それに？」

「エルディ様のお傍《そば》にいるのが、一番安心しますから」

ティアは柔らかい笑みを浮かべて、そう言った。

その笑顔にエルディが見惚《みと》れてしまったのは、言わずもがなである。

「……わかったよ。もうちょっと辛抱《しんぼう》してくれな」

「はいっ」

エルディの言葉に、ティアは元気よく頷いた。

ともかく、彼女にご飯を食べさせて早く休んでもらうためにも、さっさと依頼を熟《こな》す必要がある。

まずは冒険者ギルドに向かおう。

エルディは堕天使を引き連れ、真っすぐに冒険者ギルドを目指した。

冒険者ギルドとは、ギルドで登録を行った冒険者たちが仕事を請け負《うお》う場所である。

その仕事内容は、届け物を街から街へ運ぶ簡単なものから化物退治など命の危険を伴うものまで色々ある。

エルディが冒険者の道を歩み始めたのは、十五歳で成人を迎えた時からだ。それから既に五年の月日が経過している。五年も経てば、同期はもうほとんどいない。命を落とした者、四肢《しし》に怪我《けが》を負い冒険者としての役割を果たせなくなった者、自分の限界を悟《さと》って引退した者など様々だ。

エルディを追い出したヨハンも、五年の付き合いだった。死にそうになった経験も一度や二度ではない。だが、そんな彼にも裏切られ、正直に言えば、冒険者をやる気概すらなくなっていた。

それでも冒険者を続けているのは、他に手に職をつけていないからだ。これも、多くの冒険者の末路だった。

自分の限界を悟って引退した者がいると述べたが、他に食い扶持《くぶち》があったのならば、それはむしろ誇るべきである。一攫千金《いっかくせんきん》は狙えないかもしれないが、命を投げ捨てるような危険を冒《おか》さなくて済むのならば、それはそれできっと、幸福な人生だろう。

これまで戦いしか生きる道を見いだせなかったエルディだからこそ、余計にそう思うのだった。

(リントリムのギルドはいつ以来だったっけか……さすがに俺のことを覚えている職員はいないだろうけど)

エルディは緊張した面持ちで、受付に向かった。

〝マッドレンダース〟が拠点としていた街では、そのパーティー名とともにエルディ＝メイガスの名も知られていたが、ここでは駆け出しの頃以来ほとんど依頼を受けていない。

おそらく自分を覚えている人もいないと思っていたが――

「……あれ？　あなた、〝マッドレンダース〟のエルディ＝メイガスじゃない？」

「うげっ、アリアさん⁉」

赤毛で髪をやや内側に巻いた美人な受付のお姉さんに、早速気付かれてしまった。

この受付嬢・アリア＝ガーネットはエルディと顔見知りだったのだ。

〝マッドレンダース〟在籍時、パーティーの雑用係も兼ねていたエルディは、ギルドで依頼を探して受注するのも役割のひとつだった。

アリアとは比較的最近依頼を受けた際に顔を合わせていたこともあり、当然顔も憶《おぼ》えられている。

「アリアさん、どうしてリントリム《こんなところ》に……」

「私は最近異動になったからだけど……エルディくんこそ、どうしてここにいるの？　〝マッドレンダース〟って今、ヒュドラの討伐依頼を受けてるんじゃなかったっけ？」

アリアはギルドの資料を見て胡乱《うろん》げに訊いた。

A級以上のパーティーはギルド間で情報共有をされていると聞いたことがあるので、その資料に目を通しているのだろう。

難度の高い依頼が持ち込まれた際に、その資料から空いているパーティーを探して近くのギルドが依頼を投げ掛けるのに使われるそうだ。

「……まさか、パーティーを追放されたの？　装備もその時奪われたとか？」

アリアは、目ざとくエルディの装備を見て言った。

先日まで稀少な魔法武具に身を纏っていた冒険者が安物の剣しか身に付けていないのだ。

彼女がその考えに至るのも当然だった。

「いやぁ、あはは……まあ色々あって」

エルディが誤魔化《ごまか》し笑いを浮かべていると、アリアは「信じられない！」と書類をテーブルに叩きつけた。

「パーティー追放は時として仕方ないかもしれないけれど、装備の追い剥ぎは規約違反よ⁉　まさかS級パーティーがそれをやるなんて！」

「ま、待ってくれアリアさん。一応、そいつは俺がパーティーに譲渡したってことにしておいてくれないか？」

ギルド長に報告しに行きかねないアリアを、エルディは慌てて止めた。

確かに、今回ヨハンが行った追放に伴う追い剥ぎ行為は冒険者ギルド規定に違反している。これが公《おおやけ》になった際には〝マッドレンダース〟も降格では済まないだろう。冒険者資格の剥奪さえ有り得る。

ヨハンやエドワードが痛い目に遭《あ》うのは構わないが、残りのイリーナとフラウのふたりは無関係だ。

彼女たちにまで追い剥ぎの汚名を着せることになるのは避けたかった。

それに、ヨハンだって冒険者資格を剥奪されたならば、何をしでかすかわからない。もともと冒険者だからこそぎりぎり社会に溶け込めていたような人間だ。資格を失ったら、彼はきっと賊の類《たぐい》に身を落とすしかなくなるだろう。

だが、彼とて腐ってもS級パーティーの実力者だ。賊にでもなれば、対応できる者もおらず被害を増やして社会悪となる。それならば、このままS級パーティーを続けてもらったほうが良い。

「あなたが良いなら私はそれで構わないけど……本当にお人好《ひとよ》しなのね」

「別に。ただ面倒なことが嫌いなだけさ」

エルディは肩を竦めて溜め息を吐いた。

そういえば、以前冒険者ギルドでヨハンが他の冒険者と揉《も》めて暴力沙汰《ぼうりょくざた》になりそうだった時、エルディが仲裁《ちゅうさい》に入ったのをアリアには見られている。

もともと問題児だったヨハンを上手く抑えていた、というのがエルディの周囲からの評価なのかもしれない。

「事情はわかったけど……それで、あなたはどうするの？」

「まあ、そんなのっぴきならない事情もあって、今は文無しでさ。とりあえず危険の少なそうな依頼で当分の食い扶持でも得ようかと思ってな」

装備も揃えたいしな、とエルディは苦い笑みを浮かべた。

いくらエルディが元S級パーティーの剣士といえども、鎧《よろい》もなく安物の剣一本だけではさすがに危険が伴う依頼は受けられない。

まずは最低限の装備を整えることが最優先だ。こうして身を弁《わきま》えることも冒険者として長生きするには必要な心得である。

「冒険者相手に危険が少ない依頼を持ってくるっていうのも変な話だけどね。まあ、だからこそ逆に避けられている依頼なんかもいくつかあるからね。ちょっと探してみるわ。他には？」

「そうだな……この近くで空き家ってないか？　色々疲れたし、しばらくゆっくり暮らしたくてさ」

今までは冒険者活動を基盤に考えており、どこにでも行けるように定住しないでいた。賃貸《ちんたい》や安宿が中心の生活だ。

しかし、追放の一件も相まって、もうそんな生活にも疲れてしまった。

ティアもいることだし、家を買って静かな生活を送るのも悪くないかもしれない。

「空き家ねえ……居住地の仲介もギルドを通せばできるけど、前金が必要よ？」

「ああ。もちろんその分も稼がせてもらうよ」

「了解。それも探しておくわ。それにしても、いきなり定住だなんてどうしたの？　もしかして、さっきからずっと後ろでニコニコしながらあなたを待ってるあの子のせい？」

アリアがエルディの後方を見やった。

そこにはエルディを待つ堕天使、基今《もとい》は人の姿のティアがいた。

ティアはアリアの視線に気付くと、慌てて頭をぺこりと下げている。

「……そっちも色々とワケありでな。あまり突っ込まないでもらえると助かる」

「まあ、別にプライベートなことに口を挟むつもりはないけどね。じゃあとりあえず依頼を――」

アリアが依頼書を持った時だった。

いきなりドアがバタンと乱暴に開けられ、数人の冒険者が駆け込んできたのである。

「誰か、この中に治癒師はいねえか!?　うちのがやられちまって！」

ギルドに駆け込んできたのは、一組の冒険者パーティーだった。

戦士らしき男が皆に向かって叫んだ。

彼の背には、大怪我を負った治癒師がいる。

おそらく、前衛が油断したところを抜かれて攻撃されたのだろう。初心者パーティーにありがちだ。

魔導師ならばまだ良かったものの、治癒師がやられたら治療できる者がいなくなって、たちまちパーティーが成り立たなくなる。命からがら逃げてきたのだろう。

「おい、誰かいねえのか!?　頼むよ、死んじまいそうなんだ！」

傷を負った治癒師はいかにも瀕死だという様子だ。そう長くは持つまい。

だが――冒険者ギルドの中に声を上げる者はいなかった。

皆周囲の冒険者をキョロキョロ見回すだけだ。

(運が悪いな……ここには治癒師がいないのか)

いつもなら、どこかしらのパーティーの治癒師がギルド内にいることが多いのだが、今回はタイミングが悪く不在のようだ。

「街にいる治癒師を急いで探してきます！　それまで奥に寝かせて応急処置を――」

「わ、私が治しましょうか!?」

アリアが冒険者たちに指示を出そうとした時、まさかの堕天使ことティア＝ファーレルが自ら名乗りを上げた。

「あ、あんた、見ない顔だが〈治癒魔法《ヒール》〉は使えるのか!?」

「はい、回復魔法なら一通り使えます！　ここに寝かせてもらえますか？」

「そ、そうか！　それなら良かった。助かるよ！」

ティアの返答に安堵《あんど》を覚えた冒険者たちが、彼女の指示通り怪我を負った治癒師を床に寝かせる。

そういえば、ティアが天界を追放された理由も魔物に襲われた親子を〈治癒魔法〉で治したことが発端だと聞いたし、治療は問題なさそうだ。

それならば安心――

（……って、ちょっと待てよ？　そういえば、魔法を使うと羽が出るとか言ってなかったっけ？）

エルディは、ふとティアとの会話を思い出した。

確か、空を飛んだ時の会話でそんなことを話したはずだ。魔力を発動させる時は翼が出るとか出ないとか。

（あれ、やばくね？）

そこからこの後の流れを想像するのは容易い。

〈治癒魔法〉を掛けると同時に冒険者ギルドの真ん中で黒い翼を広げるティア。この治癒師は救われるだろうが、当然その後ギルドで騒ぎになる。堕天使が街中にいるのだから、当然だ。

それのみならず堕天使が安全なのかどうかの審議《しんぎ》が始まり、いずれ教会にも相談がいくだろう。

教会が堕天使の存在を知れば、当然伝承から彼女は危険な存在だという結論に至り、教会の管理下に置かれるに違いない。

最後に、「助けてくださーい、エルディ様ー！」とティアが泣きながら教会連中に連れ去られてしまうところまで簡単に想像できてしまった。

絶望的過ぎる。

「ちょ、ちょっと待ったー！　ティアさん、その前にこちらにいらっしゃい願えませんかねー!?」

エルディは変な敬語を使いながら、慌てて建物の隅っこまでティアを連れて行った。

「何をするんですか、エルディ様！　一刻を争う状況ですよ!?」

ティアは怒ってエルディに抗議する。

案の定彼女は気付いていなかった。

エルディは声を潜《ひそ》め、溜め息混じりに言った。

「それはわかってるんだけど、魔法使ったら羽が出るんじゃなかったっけか？」

「あっ……」

そうでした、とティアはわかりやすく、その場にずーんと崩れ落ちた。両手と両膝を突いている。

これほどわかりやすい落ち込みっぷりはない。

「で、でも！　私、治せるって言ってしまいました！　どうしましょう!?」

慌てた様子で顔を上げたティアを見て、エルディは頭を掻いた。

「どうしましょうって言われても。羽を隠して魔法を使う方法とかは……？」

「うぅ、無理なんですぅ……魔力を使ったら絶対に出てしまいます」

うっうっと泣きそうになりながら答えるティア。

まさかの堕天使さんのポンコツっぷりがいきなり出てしまった。

天界追放の一件から、考え無しで走り出してしまうところがあるかもしれないとは思っていたけれど、きっとこういうポンコツさが彼女の欠点なのかもしれない。

今も「エルディ様にご迷惑をお掛けしてしまいました……」と先程とは違う理由で泣き出しそうになっている。

（まずいな、どうしよう……）

視線を感じて振り返ると、壁際でひそひそ話をするエルディとティアを皆が怪訝そうに見ていた。

重傷者を放って内緒話をしているのだから、それも当然だ。

それに、実際にあの治癒師はすぐに治療しないと本当に死んでしまいそうだ。

これは色々終わってないか？

「え、えーっと！　アリアさん、ギルドの空き部屋はないか？」

「それは、あるけど……どうするつもりなの？」

アリアが訝しむようにエルディとティアを見る。こちらにも完全に怪しまれていた。

当たり前である。壁際に連れ去られた女の子が、内緒話をされたらいきなり泣きそうになっているのだ。怪しいにも程がある。

「じ、実はな？　この子の使う〈治癒魔法〉はちょっと普通の魔法と違う秘術らしくてな。人前で見せるわけにはいかないってのを思い出したそうなんだ。だから、ちょっと部屋を一室貸してくれたら上手い具合にその人を助けられるんだけど、どうだろうか？」

エルディは咄嗟に思い付いた嘘を並び立てた。

嘘と言っても、人前で見せることができないのは本当だ。実際に見せると色々まずいことが起きるのも間違いない。

「それは構わないわ。その代わり……私も同席させてもらうけど、ね」

じろりとアリアはエルディを睨んで言った。

彼女が疑うのも無理はない。〈治癒魔法〉に秘術などないし、見られたところですぐに真似《まね》できるものでもない。もちろん、盗まれるものでもない。

エルディが嘘を吐いているのは、バレバレなのだ。

「そう、なるよなぁ……」

苦い笑みを浮かべたまま、エルディは怪しむアリアと泣きそうなティアを見比べた。

きっとティアの性格上、瀕死の者をこの場で見捨てるという選択肢はない。この時点で、ティアの正体をアリアに隠し通すのは不可能だ。

そうなると、アリアひとりの目撃者は致し方ないと割り切る他なかった。

それに、彼女はエルディの意向を知った上で〝マッドレンダース〟の違反行為に目を瞑《つぶ》ってくれるという。堕天使のことも秘密にしてくれるかもしれない。

エルディは腹を括って、アリアに頷いて見せた。

「じゃあ、それで頼む。くれぐれも他言無用でな」

どうして俺がこんなに悩んでるんだろう――エルディはティアとアリアをもう一度交互に見て、大きな溜め息を吐いたのだった。


「……それで、一体何を見せられるっていうのかしら？」

別室の処置室に怪我人を運んで周囲の人々を退室させた後、アリアが困惑した眼差しでエルディに訊いた。今この部屋にいるのは、エルディとティア、アリアの三人だけだ。

「別に、普通の治療さ。そこは多分、何も不思議じゃない」

「そこは？」

アリアはエルディの意味深な言葉に首を傾げた。

そう、そこはきっと、彼女も驚かないはずだ。驚くのは別のことである。

「どういうこと？　あの子は何者なの？　外見的には聖女っぽいけど、この街であんな治癒師は見たことないわよ？」

アリアは、怪我人の様子を注意深く確認している銀髪の少女――ティアを見て言った。

「それも見ていればわかるよ。俺が隠したがった理由も、な」

エルディがそう言ったところで、ティアはこちらを見てこくりと頷いた。

どうやら容態の確認が終わり、治療に取り掛かるらしい。

ティアが怪我人にそっと手を翳《かざ》すと――ふわりと、数枚の黒い羽根が部屋の中を舞った。

それと同時に、彼女の背中から黒い翼がばさっと音を立てて広がる。

ティアの手からは柔らかい光が満ち溢れ、治癒師の傷をみるみるうちに治していった。

〈治癒魔法〉である。それも、とても強力な。

エルディも冒険者として数々の治癒師の〈治癒魔法〉を見てきたが、そのどれよりも凄まじい。

〝マッドレンダース〟のフラウ＝ソーンリーも治癒師としてはかなり優れているが、その比ではない。まさしく聖女級。いや、それ以上かもしれない。

（こんな力を持っているのか……なるほど。堕天使が恐れられるわけだ）

ティアが悪しき存在でないとはいえ、この魔力を見れば畏怖《いふ》を感じざるを得ない。

彼女がその気になれば、このリントリムの街でさえも簡単に陥落《かんらく》させられるだろう。

「嘘、でしょ……？」

アリアも、信じられない、といった様子で目を瞠る。

エルディがティアを初めて見た時と同じ反応だ。

治癒師の怪我もかなり深手だったのだが、それをものともしない治癒力。さすがは元天使の〈治癒魔法〉といったところだろうか。

「……終わりました」

ティアは額にうっすら浮かんだ汗を手の甲で拭《ぬぐ》うと、こちらに笑みを見せた。

それと同時に、先程まで彼女の背中に生えていた翼も消える。

怪我に苦しんでいた治癒師は、今はもうすやすやと眠りについていた。治癒は成功したようだ。

「お疲れ様。魔力のほうは大丈夫か？」

「はい、まだまだ全然平気です」

ティアは腕を曲げてぐっと力を入れることで気合を伝えてみせたが、その腕には力こぶは全くできていなかった。思わず触れたくなってしまいそうなほど、柔らかそうな二の腕である。

あの腕に自分が軽々と持ち上げられていたなど到底信じられなかった。もちろん、腕力ではなく魔力で持ち上げられていたのだけれど。

いまだにぽかんとしたまま突っ立っているアリアに、エルディは同意を求めてみる。

「と、いうわけなんだ。事情はわかってくれたか？」

「……わかるわけないでしょ」

案の定、否定されてしまった。

もちろん、すぐにわかってもらえるなどとはエルディも思っていなかったのだが。

「その子は、その……まさか、堕天使なの？」

「一応、そういうことらしい」

「ちょっと待ってよ。堕天使って、危険じゃないの？　伝承くらいでしか知らないけど、国を滅ぼしたとか何とかって……」

アリアは不安そうにエルディとティアを見比べて言った。

彼女がそう感じるのも無理はない。

今の〈治癒魔法〉を見ただけでティアが桁違いの実力者だというのはアリアに伝わっただろうし、堕天使《ティア》が安全だという確信がアリアにはないのだから。

しかし、エルディはあえて軽い口調で答えた。

「まあ、多分大丈夫じゃないか？」

「多分って……」

アリアが『そんな無責任な』とでも言いたげにエルディを睨んだ。

睨まれても困る。

実際にエルディだって彼女が危険かどうかの判断などできるはずがないのだ。少なくとも、彼女と話してみて、その性格から鑑みただけである。

もしかすると、何かの切っ掛けでいきなり人類を攻撃する堕天使に豹変するかもしれないが、それは今予測できることではない。

でも、おそらくだが……ティアはきっとそうはならないと思う。

確証など何もないが、それは彼女と話してみた上での冒険者としての直感だった。

エルディとて長年冒険者として色々な経験を積んできた。時には危険な目にも遭っているが、己《おのれ》の直感に従って生き延びてきている。

その直感が彼女は無害であると告げているのだ。だからきっと大丈夫だと思う。

信じていた仲間に裏切られ追放されたので、案外アテにならない直感かもしれないけれども。

「あの、アリアさん……いきなり驚かせてしまい、すみませんでした」

ティアはアリアの前に立つと、申し訳なさそうに頭を下げた。

「私を信用できないのでしたら、ここから立ち去ります。でも、エルディ様は悪くありません。どうか、エルディ様を罰しないでください」

もう一度重ねるようにして、頭を下げた。

「罰しないでって言われても、ねえ……」

アリアは困った顔でエルディへと視線を送った。

実際、エルディが罰されるべき状況ではないことは明らかだ。

ギルドには『堕天使を保護してはならない』や『堕天使をギルド内に連れ込んではならない』といった規約などないのだから、当然エルディは何も違反行為などしていない。

しかし、ティアはまだ頭を下げたままである。

エルディのことだけは見逃してやってくれ、と懇願しているようでもあった。

「その……ティアにも色々事情があるんだ。天界を追い出されて、堕天使にならざるを得なかった理由がさ。俺も俺で、ちょうど〝マッドレンダース〟を追放された時にこの子と出会ったから、なんか共感するところもあって。そんで……新しい生き方ができないかってことで、とりあえずここまで来たんだ。だから、頼むよ」

そこまで言ってから、エルディもティアの隣に並んで、頭を下げた。

「ちょっと待って。頼むって何をよ？」

「街の郊外でいいから、この子と暮らさせてくんないかな。もちろん、ティアが堕天使だってバレないように気を付けるし、何かあったら責任は俺が持つ。あんたは何も知らないふりを通してくれたらいい。もしなんか面倒な依頼があったら優先的に俺に回してくれてもいいからさ」

「知らないふりをしてればいいって言われても……堕天使なんて、見たって言っても誰にも信じてもらえないでしょ」

アリアは小さく嘆息してぼやくが、それでもエルディとティアは姿勢を変えなかった。

「ああ、もうっ。わかったから、ふたりとも頭上げて。っていうか、私はただのギルド職員で受付嬢なの。教会の者でもないし、堕天使がどうとかって言われても、私にはどうもできないのよ」

「じゃあ……！」

ティアが顔を輝かせて頭を上げた。

「ええ、好きにしなさいよ。もちろん、今日ここで見たことは黙っててあげるし、万が一ってことも考えて、空き家も人里から少し離れた場所で探してあげるわ。その代わり、何か面倒な依頼があったら約束通りあなたに回すからね？」

アリアはそこまで言うと、エルディをじろりと睨んだ。

やはり、彼女は理解が早い。ここでティアを教会に突き出すことと、面倒な仕事を回せるお得意先を手に入れることのどちらを選べば利になるかの判断がちゃんとできる人だったのだ。

「恩に着るよ、アリアさん！」

「ありがとうございます！」

エルディとティアの笑顔に、アリアはもう一度大きな溜め息を吐いた。

「なんか私、すっごい大きな秘密を抱え込んでしまった気がするんだけど」

「大丈夫、俺もだよ」

「そうなんですか？　一体どんな内容なのでしょう？　私も何か力になれるといいのですが」

悩む劣等剣士と受付嬢に対して、きょとんとしたまま小首を傾げる堕天使。

それに対して──

「どうツッコめばいいのかわからないボケはやめてくれるかしら!?」

受付嬢がキレの良いツッコミを入れてしまうのも、無理はなかった。

だが、そこで綺麗に締まらないのがこのポンコツ堕天使だ。

「ツッコメ……？　ツッコメとは何でしょう？　また私、何か変なことをしてしまいましたか？」

「……い、いいえ。何もしてないわ。私の独り言だから、気にしないで」

ツッコミの意味がわからずおろおろし始めた堕天使を、必死に宥《なだ》めるギルド受付嬢・アリア。

部屋を出る前、彼女が額に手を当て、大きな溜息を吐いていたのが目に入った。

アリアの気苦労を増やしてしまったことには間違いないが、それはエルディの気に留めるところではない。とりあえずは問題を乗り越えられたことに感謝しよう。

ツッコミの意味がわからず、相変わらず不思議そうにしている堕天使を見て、エルディはそう思うのだった。

2

事情を理解した後のアリアの動きは迅速《じんそく》だった。

まずは、怪我を負っていた治癒師をパーティーに引き渡し、しばらく休むように言ってから帰らせた。

騒然としていたギルド内部に普段の落ち着きが戻ってきたところで——冒険者たちにはティアの魔法については上手く伏せてくれたようだ——もう一度エルディとティアは受付に呼ばれた。

これらの処理を、アリアはさほど時間を掛けずにやってのけた。揉め事が日常《にちじょう》茶飯事《さはんじ》のギルドの受付嬢を務めているだけのことはある。

「さすがはアリアさん。場の鎮静化が早いな」

「まあ、ギルド内だと冒険者同士の喧嘩もしょっちゅうあるし、もっと大きな問題が起きて騒がしくなったこともあるからね。これくらいならお手の物よ」

街の存続を左右するような重大な依頼――多くは魔物の群れが街に襲い掛かってきたり、異常発生したりした時に領主から出される緊急の依頼だ――があった際は、ギルドも騒然とするし、浮足立つ輩《やから》も多い。そんな時に場を収めるのもギルドの受付嬢の仕事だ。

事務服に身を包み、受付に座っている姿から単純な業務しか行わないと思われがちだが、彼女たちの仕事は多岐《たき》にわたるのだ。

そのせいか、気の弱い女の子はすぐに辞めてしまうのだと言う。

アリアはうんざりだといった表情で肩を竦めてから、一枚の依頼書をエルディに手渡した。

「それで、今すぐ紹介できそうな依頼であんまり危険がなさそうなものっていうと、これしかないのよね」

「うげ……マジかよ」

アリアから受け取った依頼書を見て、エルディは顔を顰《しか》めた。

農地の異常調査――その依頼書は、タイトルからしてやる気を削ぐものに他ならなかった。

「どっちかっていうと、この依頼は『やりたがる奴がいない』の間違いなんじゃないか？」

「あら、そうとも言うわね。でも、さっき面倒な依頼は俺に回せって言ってたわよね？」

アリアは意地の悪そうな笑みを浮かべた。

先程言っていた『面倒な依頼』というのを早速エルディたちに回してきたのだ。

自分から言った手前、反論できるはずがない。引き受けるしかなかった。

依頼日を見てみると、今日より大分前の日付けだ。

報酬もあまり良くない上に、他にもっと割りの良い依頼は日常的に舞い込んでくるので、誰も引き受けずに残っていたのだろう。

「どんな依頼なんでしょう？」

「これだよ」

ティアが怪訝そうに首を傾げたので、依頼書を見せてやった。

農地の調査依頼は領主からのものだ。ここ最近、リントリム周辺の畑で収穫前の作物が突如として枯れ始める異変が生じた。

当初は病気や虫害《ちゅうがい》を疑ったが、領主のほうで調査してみたところ、それらに該当するものは見当たらなかった。だが、畑の中央部から次々と作物が枯れていっており、そこには小さな池があること、そしてその池の水が以前とは違って僅《わず》かに濁《にご》って見えることから、この水が原因ではないかと予測されている。そんな池を調査してほしいというのが依頼の大筋だ。

本来周辺の畑は領主が業者を雇って整備するのだが、昨今その池周辺に魔物の目撃談もあったらしく、業者だけで手出しするのは危険だと判断したのだとか。

領主なのだから自分の手勢を業者の護衛に回せばいいものの、自分たちで対応するのを嫌がって冒険者ギルドに丸投げしてきた。

「水源の汚染問題ですか。どうして皆さんやりたがらないのでしょう？　水源が汚染されれば、収穫物だけでなく皆さんの飲み水にも関わってくると思うのですが」

ティアが不思議そうに言った。

もちろん、それは間違いない。水源の汚染がその池に留まらず、このあたりの地盤全体に広がれば飲み水がなくなるし、最悪の場合疫病《えきびょう》が蔓延《まんえん》する可能性もある。早々に取り組むべき事案であるのは間違いないのだが……

「……臭いんだよ」

エルディはうんざりだといった様子で端的に答えた。

「え？」

「汚染された水源ってのはめちゃくちゃ臭いし、汚いし、服も汚れる。ティアの白い服なんて、一瞬で泥だらけになるぞ。髪の毛なんかも臭《にお》いが取れないだろうな」

いくら堕天使とはいえ、翼以外は白い部分が圧倒的に多いティアである。それこそ全身真っ黒になってしまうだろう。

彼女は仕事を手伝う気満々でいるが、さすがに元天使に汚染水調査を手伝わせるわけにはいかない。そんな不敬なことをさせるくらいならば、自分ひとりでやったほうがマシだ――そう思って彼女にギルドで待機するように伝えようと思ったのだが、ティアは相変わらずきょとんとしてこう言った。

「お掃除をするのですから、汚れるのは当たり前ではないでしょうか……？」

そこで、エルディとアリアが同時にがくっと崩れた。

ああ、ダメだ。この堕天使様は汚染水の臭さや汚さを知らないのだ。

きっと天界の教科書やら教典やらには下界の水源の役割や機能については書いてあるかもしれないが、水源が汚れてしまった場合などの実情については知らされていないのだろう。

「お掃除でしたら、私、得意ですよっ」

エルディの気も知らないで、にこにこしながら言うティア。まさしくそれはいつまでも見ていたくなるような、堕天使ならぬ天使の笑顔だ。

(にしても、〝お掃除〟ときたか)

汚染された水源調査を〝お掃除〟と表現してしまうあたり、認識のズレが凄い。本当に大丈夫だろうか。

まあ、この笑顔が曇《くも》るのも時間の問題だろう。

これも、彼女に地上生活を理解してもらう良い経験になるはずだ。

「ねえ……ほんとにこの子大丈夫なの？　予想以上に世間知らずっぽいけど」

「まあ、ダメそうなら近くで終わるまで待っててもらうか、最悪ギルドに連れて戻るからその時は預かっててくれ……」

アリアとエルディは小声でそんなやり取りをして、相変わらず楽しそうに微笑んでいるティアに引き攣った笑みを返したのだった。

どうしてか色々な面で、冒険者稼業に懸命に取り組んでいた頃よりも前途多難になっている。

ただ、これはこれで、ちょっと新鮮で面白いなと感じてしまうエルディであった。


ギルドから水源調査の仕事を引き受けたエルディとティアは、早速現場へと向かった。

汚染されていると噂《うわさ》の池は、確かに水が濁っているし、臭いもきつい。

ギルドに依頼が出されたばかりの頃よりも悪化しているように思えた。報告書に書かれていたよりも状況は深刻で、池の水質の悪化は顕著《けんちょ》だ。この水が原因で周囲の作物が枯れているのは間違いない。このまま放置しておけば、汚染水が地面を伝って、ここ以外の畑に影響を及ぼす可能性もある。なるべく早く解決したほうが良さそうだ。

しかし、原因がわかったものの対処の手立てがない。

ふたりは池の前で立ち止まり、互いに顔を見合わせた。

「どうしましょう？」

「どうしようか？」

同時に訊いて、互いに苦い笑みを交わす。

領主が何故この依頼を冒険者ギルドに丸投げしたか、なんとなくわかった。

原因を突き止めることはできても、解決策がないのだ。まさしく、お手上げである。

危険がないとはいえ、難度的にちょっとあの報酬の金額では割に合わない気がする。

「とりあえず、このあたりを調べてみようか」

「ですね」

ふたりは頷き合って、池の近辺を手分けして調べた。

もしかすると、枯れた雑草やらに解決の手掛かりがあるかもしれない。

「……あれ？」

そこで、ふと少し離れたところを調べていたティアが、立ち止まって怪訝な声を上げた。

「どうした？」

「エルディ様、何だか地面がほんの少しだけ揺れていませんか？」

彼女はその場に屈《かが》んで、手を当てた。

その拍子にスカートの中が見えそうになって、慌ててエルディは目を逸らす。

「エルディ様……？」

「い、いや、何でもない！　で、ここだっけか」

慌てて取り繕い、ティアの横に屈んで、地面に触れた。

「……ほんとだ。確かに揺れてるな」

手を当てないとわからないが、ほんの僅かながら地面から振動を感じた。

これを立った状態で気付いたとなると、やはり天使の感覚は凄いな、と驚かされる。

もしかすると、人間よりも随分と鋭敏《えいびん》な感覚を持っているのかもしれない。

ティアは訊いた。

「こうして地面が揺れることってよくあるんですか？」

「いや、ないな。もしかすると、この揺れも汚染に関係しているのかも。となると、原因は……」

「地下、でしょうか？」

「だろうな」

互いに同じ結論に至ると、早速近くの農家を回って地下に行く方法を尋ねた。

いくつかの農家を回っているうちに、ある年老いた農夫《のうふ》が有益な情報を教えてくれた。

曰く、畑の外れに使われていない古井戸があり、それが地下水源への入り口になっているかもしれないとのことだった。

この手掛かりをもとに、ふたりは古井戸のもとへと向かったのだが——

「……これは」

「当たり、だな」

古井戸からは強烈な異臭が漂っており、その臭いは池の水と同じだった。

意を決して、古井戸の中へと入っていく。

下に行くにつれ、強烈な臭いが鼻を突き刺すように襲ってくる。

さっさと水源汚染の原因を取り除いて外に出ないと、こっちの鼻がもげてしまいそうだ。

古井戸の底まで降りると、なんと中は空洞になっていた。

道が奥へと続いていて、洞窟《どうくつ》みたいだ。

水は随分と前に枯れてしまったのか、地面は乾いていた。

（方角的に、池の下はあっちかな）

そう思って奥に進もうとしたところで――ふわっと堕天使の黒い羽根が舞い、後ろに清らかな強い光を感じた。

「ティア？」

何事かと思って振り返ると、そこには地下の壁に〈治癒魔法〉のような光を当てているティアの姿があった。

彼女は泣きそうな顔でエルディを見ている。

「あ、あの、エルディ様……さすがにこれだけ大きな空間を全て浄化するのは私の魔力でも難しいと思いますけど……ま、魔力が尽きた後はよろしくお願いしますッ」

ティアが気合の言葉とともに、ボォォ！　と強い光を放って地下空洞全体を浄化していく。

みるみるうちに、薄汚れた壁が綺麗になっていった。

「いや、違うから！　綺麗にするって言っても水源全体をピカピカにするわけじゃないから！」

「え、違うんですか？」

そこでティアの手元から光が消え、堕天使の翼もふっと消える。

どうやら、この天然ボケ堕天使様は水源全てを浄化しなければならないと思っていたらしい。

（つーか……ほんとにピカピカになってるし）

彼女が光を当てていた壁を見て、思わず頬が引き攣った。

この一瞬で壁の一部分の汚れが完全に落ちていたのだ。天使パワーの浄化力凄過ぎるな。

「違う違う。その辺の水源一帯の回復自体は本来領主の仕事で、今回俺らが担当するのは水源汚染の原因探しと、その原因が見つかればそれを取り除くところまでなんだ。ここらの土壌《どじょう》をピカピカにしなくていいんだよ」

「そうだったんですね……良かったです。さすがにこれだけの規模となると、何日掛かるか見当もつきませんでした」

ティアは安堵の息を吐いて、にっこりと笑みを浮かべた。

いや、やるつもりだったのかよ。しかも、できるんかい――エルディは心の中でツッコミを入れたが、声には出さなかった。

何だかこの天然ポンコツ堕天使に毎回まともにツッコミを入れていては身が持たない気がしたからだ。

領主の委託業者だってこの地下空洞そのものをピカピカにしようとは思わない。世界広しといえども、そんなことを考えるのはこの堕天使だけだろう。

「ほら、汚染されてるのは水だけだろ？　土はその水を吸って汚れてしまってるだけなんだ」

洞窟を歩いた先にあった水溜まりと周囲の土壁を見比べて、エルディは説明した。

「あ、ほんとです！　土は綺麗なところもまだ結構ありますね」

「そう。要するに、水さえ綺麗になりゃこのあたりも自然と元に戻るのさ。この水源汚染の元を取り除くのが俺らの仕事」

「わかりましたっ」

異臭が鼻を突き刺す中、ティアは元気よく答えた。

古井戸に入った時点で音《ね》を上げるかと思ったが、案外平気そうで、臭いを気にする素振りもなかった。

ちょっと意外だ。

「……臭くないのか？　辛かったら外で待っててもいいぞ」

「臭いますけど、こんなものなんじゃないでしょうか？　私は平気ですよ？」

けろっとしている。

堕天使様、案外神経が図太いのかもしれない。

これはエルディにとって、彼女を見る目が変わった瞬間でもあった。

きっと、〝マッドレンダース〟の面々ならば文句を垂れまくって仕事にならなかっただろうと思う。

そして、結局エルディひとりで仕事をする羽目になっていたに違いない。

だが、ティアは臆《おく》せず付いてくる。まるで、それが当然だとでもいうように。

いや、もしかすると、これがティア＝ファーレルなのかもしれない。

彼女の場合、依頼内容が『この土壌一帯をピカピカにするように』だったとしても、ニコニコしながら付いてきて、一生懸命さっきの魔法で洗浄するのではないだろうか？　何となくそんな気がした。

少しポンコツなところがあるが、ひた向きで健気な女の子だ。それが、このティアという少女なのだろう。

そして、エルディは……そんな彼女のことが、気に入っていた。

地下の水脈を辿って深く進むと、突如として広大な地下空間に辿り着いた。

そこでティアが「あっ」と声を上げて、前方を指差す。

「エルディ様。あそこ」

「ん？」

彼女の指先に視線を向けると、何やら塊《かたまり》らしきものが見えた。

「なるほど、あれが原因で水が汚染されてたんだな」

汚染の原因次第では、何か別の道具が要るかもしれない。あるいは、ティアの魔法で消し去ってもらうか。

そのあたりは実際に原因を見てから相談してみよう——そう思って塊に近付いていくと、奥に来たところでふたりしてぴたっと足が止まった。

何やら水の中を蠢《うごめ》く気持ちの悪い生物が、うじゃうじゃいるのが目に入ったのだ。

「うっわ、最悪」

「ポイズンスライム、ですね……」

水を汚染させていた原因は、たくさんのポイズンスライムだった。

水の中でじゃぶじゃぶと蠢き、その毒を水源に広めているのだろう。

その数は数十。もはや数えるのも嫌になるほどだった。

スライムとは、ゼリー状・粘液状《ねんえきじょう》の魔物のことで、単細胞生物らしく分裂ができる。

単体なら決して強い魔物ではないが、数が集まると厄介だ。

スライムたちはエルディとティアの姿を見て、一斉に臨戦態勢を取った。

獲物が来たと思ったのか、あるいは身の危険を感じたのかわからないが、ぷにょぷにょと音を立ててばらばらに分かれている。なかなかにグロテスクな光景だ。

「さてと……あちらさんはやる気満々らしいけど、ティアは戦えるか？」

「はい、頑張ります！」

ティアは強く頷き、決意を込めて拳《こぶし》を握りしめた。

劣等剣士と堕天使の凸凹《でこぼこ》コンビの戦いの始まりである。

ポイズンスライムたちが最初にばらけてくれたので、苦戦することはなかった。

彼らはジェル状で毒をまとった身体を持っているので、一塊となって攻撃されていれば対処が困難だっただろう。

何より、臭いし。

ただ、個体では強くないので、各個撃破していけば特に問題はない。

だが、ポイズンスライムの中にはメイジスライム――どういうわけか変異によって魔法が使えるようになったスライム種――が混じっていたことには驚かされた。新人冒険者であったならば、苦戦を強いられたかもしれない。

だが、エルディにとっては難しい相手ではなかった。

それはメイジスライムであっても、他の魔法を使う魔物であっても大差はない。

そもそもエルディは、魔法を扱う相手に苦戦したことなど一度もなかったのである。その理由はエルディの持つ特性にあった。

他のスライムの背後に隠れたメイジスライムが、エルディに魔法を放とうとしていた。それに気付いたティアがはっとして声を上げる。

「エルディ様、魔法が来ます！」

「ああ、大丈夫だ。ちゃんと視えてるよ」

ティアの言葉よりも早く、エルディはそのメイジスライムのほうを向いて、剣で空《くう》を斬った。

それによって生み出された剣気の波動が見えない刃となって、何かをすぱっと断ち切る。

同時に、メイジスライムの魔法が不発に終わった。魔法を放とうとした張本人のメイジスライムが驚いて、何やら変な動きをしている。

烈波斬《れっはざん》――魔法が使えないエルディが代わりに編み出した、速度に特化した剣技である。岩石や樹木などの形ある物体ではなく、魔物が吐くブレスや水や炎などの不定形なもの、あるいは魔法全般を切り裂くことができる。

もちろん相手の攻撃が強大であれば、烈波斬だけで完全に攻撃を無力化するのは難しい。しかし、エルディは魔法やブレスを発動する前に、魔力の流れそのものを断ち切ることができるのだ。

というのも――エルディには、魔力の流れを事前に察知する力があり、魔力の流れを視た上で烈波斬を放てるのである。

魔力の流れを断ち切ると、相手は魔法を放てず不発に終わる。エルディの前では、魔力の流れが僅かでもある攻撃魔法やブレスなど無意味だ。

「魔力の流れそのものを切った……？　もしかして、エルディ様は〝浄眼《じょうがん》〟の持ち主なのですか⁉」

エルディの動きを見て、ティアが吃驚《きっきょう》の声を上げた。

同時に、エルディも魔力の流れを切ったことを彼女に見抜かれて驚いていた。

これまで誰ひとりとしてこの能力に気付いた者はいなかったからだ。長らく一緒に戦っていたヨハンでさえも、である。

「こいつはそういう名前なのか？　どういうわけか、生まれつき眼だけは良くてね。魔力の流れやら、あるいはほんの僅かだけ未来を視ることができるんだ」

「それ、〝浄眼〟で間違いないです！　凄い……ほんとにお持ちの方がいるなんて」

「そんなに稀少なのか？」

「はい。以前、天使長のミカエル様から〝浄眼〟について伺いましたが、ミカエル様も実際には見たことがないと仰《おっしゃ》っていました。さすがエルディ様です！」

ティアはスライムを氷魔法で凍《こお》らせながら、興奮した様子で説明してくれた。

どうやら、天使が見てもレアな眼を持っているらしい。

実際に、エルディはこの眼に随分と助けられてきた。

だからこそ、あまり知られたくもないのだが。

（それにしても、ティアも強いな。さすがは堕天使ってところか？）

ティアも危なげなくスライムに対処していた。この様子だと助太刀の必要はなさそうだ。

エルディはスライムの中に飛び込み、先程魔法を放とうとしたメイジスライムの核目がけて斬りつける。

狙いは違わず、核ごと切り裂かれたメイジスライムはそのまま形を失い溶けて消えていく。

メイジスライムを屠《ほふ》ってからは、一方的な戦いだった。

ティアは氷系魔法を駆使し、一瞬にしてスライムを何匹も一気に凍らせてしまった。ゼリー状・粘液状の魔物は凍らされるとそれだけで絶命するのだ。

そして、もちろんエルディも、ポイズンスライム風情に苦戦などするはずがない。瞬く間にスライムたちは姿を失い、駆逐《くちく》されていった。

「その〝浄眼〟云々を持っているってのは、内緒にしておいてくれよ。誰にも言ってなかったんだ」

エルディは最後のスライムにとどめを刺してから、ティアに言った。

ポイズンスライムの駆逐により、異変の原因は取り除けた。ティアが〈浄化魔法《サンクティファイオーラ》〉で水源から毒素を取り除いてくれたので、水源汚染もすぐに改善されるだろう。今回ダメになった収穫物については諦めなければならないが、エルディたちの依頼についてはこれで完了だ。

「どうしてでしょう？　とても優れた能力だと思いますし、〝浄眼〟のことを知っていれば、エルディ様もパーティーを追い出されずに済んだのではないでしょうか……？」

「いや、これは誰にも言うつもりはない。こいつは確かに優れた能力ではあるんだが、同時に俺の致命的な弱点でもあるからな」

「弱点、ですか？」

「ああ」

エルディはティアに自身の眼について教えた。

エルディの眼は生まれつきとても良かった。それはただ視力が良いという意味だけでなく、魔力の流れが視覚化できる、という意味でもだ。

感覚的に、魔力が何か色づいて煙や線で視えるのだ。

この眼に加えて魔力を切る技があれば、魔法そのものを恐れずに済むというのはすぐにわかった。

これはエルディの剣士としてのセンスの賜物《たまもの》だろう。

烈波斬を編み出してからは、魔法を怖いものだと思わなくなっていた。

発動前に切ってしまえば、どんな魔法でも不発に終わるのだから、敵は魔法が出ずに、ただただ困惑するだけだ。

だが、これこそがエルディの弱点でもあった。

「魔力の発動をフェイントに使われると、反応できなくなるんだ」

「あっ……」

そこで、ティアもエルディの言わんとしていることを理解してくれたようだった。

そう、エルディは魔力の流れに常に反応してしまう。視えてしまうからだ。

だからこそ、意図的にフェイントとして魔力を使われると、嫌でも身体が反応してしまうのである。その隙を突かれたら、別の攻撃に被弾してしまう可能性が極めて高い。

だから、パーティーメンバーにもこの眼……〝浄眼〟については明かしてこなかった。

何となくイリーナやフラウはエルディの特殊能力には気付きつつあったが、エルディはあえて素知らぬふりをしていたのだ。

理由は無論、裏切られた時や、その弱点が他者に知られてしまった時を恐れてのことだった。

実際に追放された今となっては、知られずに済んで本当によかった。パーティー追放の口封じで暗殺されてもおかしくなかったのだから。

「指摘されたのはティアが初めてだったよ。でも……」

「はい、安心してください。絶対に誰にも言いませんから。約束です」

ティアはにっこりと笑顔でそう答えた。

本当だったら、この秘密を知られたらもっとびくびくしてしまいそうなものだが……どういうわけか、ティアなら良いか、という気持ちになっていた。

それは彼女が元天使だからか、あるいはこの子だけは自分を裏切るまい、という安心感から来るかは定かではなかったが。

「さて、さっさと報酬をもらって何か食おうか。あ、でもその前に、服を何とかしないとな。お互いドロドロだ」

エルディは自身とティアの服装を見て、困った笑みを浮かべた。

エルディの服はもちろん、ティアに至ってはもはや元の色がわからないくらい汚れてしまっている。

スライムたちがばしゃばしゃ跳ねたせいで、汚水が飛び散ったのだ。

しかも異臭もまとってしまっているので、とてもではないが街中を歩ける服装ではない。

「ふふっ、こうすれば大丈夫ですよ」

ティアはくすくす笑ってから、エルディの服に手を翳した。

そして、ふわりと堕天使の翼を広げてみせると、手から聖なる光を溢れさせ……瞬く間に、服の汚れを浄化してしまった。

「綺麗になりましたっ」

自身の服の汚れも浄化させてから、彼女は首をほんの少しだけ傾けてにこりと微笑んだ。

汚れひとつない、新品同様の状態だ。

天使パワー、恐ろしい。

「さすがだな。ありがとう。んじゃ、帰るか」

「はい！」

ふたりは来た道を戻って、ギルドへ向かった。

報酬をもらったら、とりあえずティアに何か食べさせてあげよう。

食べ物を口にしたら、一体この堕天使はどんな顔をするのだろうか？

想像するだけで、エルディは自身の足取りが軽くなったのを感じた。


水源問題を改善した旨を早速ギルドに報告したが、すぐに報酬は支払われなかった。

ふたりがあまりに綺麗な姿で戻ってきたものだから、虚偽《きょぎ》の報告をしているのではないかと疑われたのだ。

アリアがいればそうはならなかったのだろうが、タイミングが悪く、彼女はちょうど他の業務で離席していた。

結局、他のギルド職員に水源が元通りになっていることをわざわざ確認しに行ってもらい、その後報酬が支払われたのである。

酷い扱いだが、ティアが使ったような〈浄化魔法〉は、地上世界にはない魔法だそうだ。

これからは彼女の天使パワーの使い方にも注意せねば、と実感したのだった。

地下水源には魔物が蔓延《はびこ》っていたこともあわせてギルドに伝えてある。

よくよく考えれば、街の地下に魔物が棲息しているのは、リントリムの住民にとっても危険な事態だ。

魔物が古井戸を伝って街中などに迷い出てくる可能性もあるし、それでなくても今回のように生活に影響が出ている。

エルディはその危険性と自らの考えを合わせてギルドに話し、街の地下にある空洞を今一度調査し直すべき、と訴えた。

ギルド側もエルディの考えに理解を示し、近々領主にも掛け合ってみるとのことだった。

水源地域の大規模調査兼魔物討伐となれば、エルディたちだけに任されることはない。

他の冒険者たちもせいぜい汚水の臭いに苦しめば良いのだ。

経緯はさておき、ようやく金銭を入手することができた。

誰も受けなかった依頼ということで、ギルドから追加報酬ももらえたので、予定よりも収入は多い。数日間は寝床と飲み食いに困らない額だった。

ティアがお腹を空かせていたので、彼女とともに早速市場へと向かう。

食べ物を買ってやったところまではよかったのだが――ばっさばっさばっさ！　と横から何かが羽ばたく音が聞こえてきて、驚いて隣を見た瞬間、思わず心臓が止まりそうになった。

隣に座っていた可愛らしい女の子が、フルーツサンドを一口食べた途端、背中から黒い翼を生やしてばっさばっさと羽ばたかせていたのだ。

「エルディ様！　この隙間に入っているふわふわした食べ物は一体何なのでしょうか!?　どういう原理で雲みたいになっているんですか!?」

「ぎゃあああ！　ティア、羽！　羽が出てるから！」

「甘くて優しくて……こんなに幸せな食べ物があったなんて、天界も驚きの大発見です！　物質界凄いですっ！　どうしてこんなにも美味しいものを食べさせてくれなかったのでしょうか!?　神様いじわる過ぎます！」

「感想はいいから、羽を！　まずは羽をしまってくれ！」

初めての生クリームに興奮冷めやらない様子のティアを、慌てて裏通りへと引っ張っていく。

街の人たちの視線がちょうどこちらに向いていなかったのが、不幸中の幸いだ。

もしここで彼女の存在がバレてしまったら、先程のギルドでの猿芝居が全て無意味になってしまう。

「ご、ごめんなさい……興奮すると、つい羽が出てしまうんです。注意していたのですが」

裏路地にてようやく正気を取り戻したらしいティアは、エルディに詫《わ》びた。

この通り、ティア＝ファーレルとは、とても素直で良い娘なのだが、やや天然っぷりが強い。

さらにポンコツ具合も相まって、たまにエルディの心臓を殺しに掛かる時もあった。

「まぁ……今回は見つからなかったから良いとして、今度からはマジで気をつけてくれよ」

路地裏の建物に寄り掛かると、彼女も続いて横に座った。

「本当にごめんなさい……なんと言いますか、人間の世界のことは知識として知っているんですけど、実際に目にしたり触れたりすると、やっぱり感動してしまって」

「あー、何となくそういう感覚はわかるよ」

程度は違えど、エルディも似たような気持ちになったことならある。

たとえば、噂だけでしか聞いていなかったミスリル製の武具を実際に見た時は興奮したし、稀少性の高い魔物を目の前にした時は感動した。

きっと彼女にとって眺めるだけだった物質界のものに直《じか》に触れるというのは、そういう感覚なのだろう。

そう考えると、テンションが上がってしまう彼女の気持ちも理解はできる。

エルディにだって翼があれば、ばっさばっさと羽ばたかせて興奮していた可能性はあるのだから。

「では、改めまして……いただきます」

ティアはそう言ってから、はむっとフルーツサンドの生クリーム部分を口に含んだ。

食すや否や、彼女からパァァっとこの上なく幸せそうな光が溢れていた。

「私、毎日これ食べたいです……」

翼は出していないものの、きっと出したくてたまらないような、歓喜に満ちた表情がティアの顔中に広がっている。

「フルーツサンドをか？　毎日はやめろ。さすがに身体に悪い」

エルディのツッコミなど耳に全く入っていない様子で、彼女は相変わらず幸せそうに顔を綻《ほころ》ばせ、フルーツサンドをもぐもぐと食べていた。

美味いか、と訊く必要などないくらいに、顔中で美味しさを表現している。見ているこっちがほっこりしてしまうくらい、幸せそうな顔だった。

「そう言えば、天使は物質界に介入しちゃダメだったんじゃないのか？」

ちょうどティアが食べ終えた頃合いで、エルディは彼女にそう切り出した。

「え？　何のことですか？」

「さっき、ギルドで人助けしたろ。ティアが助けてなきゃ、多分あいつ死んでたからさ」

そこまで説明すると、ティアは思い至った様子で「あっ」と声を漏らして黙り込んでしまった。

「……天使だったら、ダメだったと思います。でも、私はもう……天使じゃありませんから」

彼女はふわりと舞った一片の羽根を手に取って、微笑を浮かべた。

その微笑みは柔らかくはあるものの、寂寥感《せきりょうかん》が滲《にじ》み出ている。

「堕天使だからこそ、人の命を救えたってか。一体、どっちが天使として正しいんだろうな？」

人を幸せにする宿命を背負っているはずの天使族。しかしその実、彼らは介入を禁止されていて、ティアはその掟に反してしまったが故にその地位を剥奪されてしまった。だが、そのおかげで本来死ぬはずだった人間を救えた、という側面もある。

本来の宿命からすれば、ティアがした行いのほうが正しいのではないだろうか。

「さあ……？　私には、もうわかりません」

「天使じゃないから、か？」

「……はい」

彼女の笑顔はやっぱり寂しげで。そんな彼女を見ると、天使じゃなくてもその行いが正しいんだと慰《なぐさ》め、つい抱き締めたくなってしまう。

その寂寥感を拭い去ってあげたいと思ってしまうのは、いけないことなのだろうか。

たとえそれが、種族を超えていたとしても。

(って、待て待て。天使相手に、何を考えてるんだ、俺は)

エルディは一瞬浮かんでしまった自らの邪《よこしま》な感情を慌てて振り払い、立ち上がった。

「よし、んじゃ宿を予約しに行くか。今日は生活用品だけ買って、ゆっくり休もう。夜通し活動しっぱなしだったから、ティアも疲れただろ？」

「いいえ、そんな。私はまだまだ――」

そう言って彼女も立ち上がろうとしたその刹那《せつな》、急に足元がおぼつかなくなって、ふらっと身体が揺れた。

「おっと」

エルディは慌てて彼女の手を取って、こちら側に引き寄せた。

「やっぱり疲れてるじゃないか」

「……そう、みたいです」

思えば、昨夜天界から追放されて以降、ティアは動きっぱなしだ。

夜通しエルディを抱えたまま空を飛び続けて、街に着くなり瀕死の怪我人を治療している。その上で大量のスライムと戦闘も行っているのだ。

慣れない物質界で暮らしているという緊張感も加味すれば、心身ともに疲れ切っているだろう。

「よし、じゃあ行こうか。手、離すなよ？」

「え？」

エルディの提案が思いもよらなかったのか、ティアは驚いた顔でこちらを見上げた。

少し恥ずかしくなって、エルディは彼女からそっと視線を逸らす。

「転ばれたりはぐれられたりしても困るからな。今日だけ特別な」

「……はい」

その返答に、ティアは面映ゆそうに微笑むと、エルディの手をきゅっと握った。

彼女の小さく柔らかい手の感触が、エルディの無骨な手のひらに伝わってくる。

彼女の手を優しく握り返すと、ふたりは再び表通りに戻ったのだった。

三章　それぞれの〝今〟

1

「いたぞ、ヒュドラだ」

〝マッドレンダース〟のリーダー・ヨハン＝サイモンが小声でパーティーメンバーたちに言った。

魔導師・イリーナと治癒師・フラウは互いに顔を見合わせ、ごくりと固唾を呑む。

一方、余程自信があるのか、ヨハンと魔法戦士・エドワードは余裕の笑みを浮かべていた。

ヨハンたち〝マッドレンダース〟一行はドンディフの村を発って丸二日ほど山を登り続けた後、遂に討伐対象のヒュドラを発見した。

ヒュドラは小さな砦《とりで》ほどの大きさで、五つの首と四本足を持つ竜族の魔物だ。

高い再生能力と猛毒を持ち、その強さからS級パーティーでなければ討伐の依頼は受けられない。

いわば、これは〝マッドレンダース〟がS級パーティーとして通用するかどうかを計る試金石でもあった。

（本当に大丈夫かしら？）

イリーナは不安で嫌な音を立てる胸をぎゅっと掴んだ。

エルディ＝メイガスはヨハンとともに〝マッドレンダース〟を立ち上げたメンバーだ。

そのエルディを追放した状態でいきなりのヒュドラ討伐……さすがに少し冒険が過ぎるのではないかと思えた。

エルディなしでどのような動きになるのか、イリーナにもフラウにもさっぱり想像がついていない。

ヒュドラと戦うまでの道中で何度か魔物との戦いを経ているが、敵が弱過ぎて参考にならない。

ヒュドラ級の魔物相手に連携して戦えるかは試せずじまいだった。

仮にヨハンとエドワードが簡単に倒されたら、イリーナとフラウにはヒュドラと戦う術《すべ》がない。殺されるだけだろう。

「さあ……僕らが世界で一番のパーティーだって知らしめるための、第一歩だ」

どういうわけか勝利を確信しているヨハンが、自信満々な笑みを浮かべて言った。

エドワードもにやりと頷いている。エルディから魔法武具を譲り受けたこともあって、彼も自信に満ちていた。

確かに、彼は優秀な魔法戦士であるし、エルディの強力な魔法武具を装備すればその実力も格段に上がるだろう。

だが、どうにもイリーナは不安が拭えなかった。彼がエルディほどパーティーメンバーを気遣った戦い方ができるとは思えないのだ。フラウも同じらしく、不安そうにしていた。

「よし、行く――」

「ねえ、ちょっと待って！　戦う前に、確認させて」

ヨハンが一斉攻撃の合図を出そうとした際に、フラウが遮《さえぎ》った。

「ごめんなさい。いつもエルディがしてくれていたから、確認するのを忘れていたんだけど……」

ヨハンは自分の言葉を邪魔されたと感じたのか、「なんだよ」と不快そうな視線を彼女に向ける。

フラウはヨハンの視線に一瞬たじろぎつつも、まず言葉を遮ったことを詫びた。

「確認って、何の確認だい？」

「皆、解毒薬は持って来てる？」

「解毒薬……？」

フラウの言葉にヨハンがはて、と首を傾げた後、すぐに思い出したのか、「あっ」と声を漏らした。

その時、イリーナもヒュドラ討伐依頼を受けた際に、エルディが言っていた内容を思い出す。

ヒュドラの〈毒の息《ポイズンブレス》〉は強力な上に、五本の首から息をするように吐き出される。

治癒師の〈異常回復魔法《キュア》〉に頼り切りではすぐに魔力が枯渇してしまうから、各々《おのおの》で解毒薬を多めに持っておくように、と彼が言っていたのだ。

おそらくエルディは、ドンディフの村で解毒薬を買い溜めれば良いと考えていたようで、街を出た段階では解毒薬は持っていなかった。

だが、ドンディフの村でそのエルディが追放されてしまい、皆の頭からは今の今まで完全に解毒薬のことが抜け落ちていた。

少なくともイリーナは解毒薬を持って来ていない。案の定、他の皆も持っていなかった。

ということは、エルディが恐れていた事態──治癒師の〈異常回復魔法〉に頼り切った戦い方をしなければならない。

万が一フラウの魔力が切れた時に誰かが致命傷を負ってしまったら、治療ができなくなってしまう。

しかも、この山奥だ。村に戻るまでに体力が持つとも限らない。ヒュドラから逃げられても、毒によって全滅する危険性があった。

「ふ、ふん……それもあの心配性のヘタレ男の入れ知恵だろう？　大丈夫さ。僕ら〝マッドレンダース〟はヒュドラごときに苦戦なんてしない」

「無論だ」

一瞬怯《ひる》んだ様子を見せたが、ヨハンはすぐに切り替えて言った。

続いてエドワードも力強く頷く。

どうしてそこまで自信が持てるんだと言いたかったが、ヨハンに問いただしても無駄だろう。

彼は生まれが有名貴族の八男だとかで、これまで自由気ままに生きて来た。だからこそ、自分が中心だという振る舞いを続けているし、それを実現するだけの才能も持っていた。

少なくともイリーナが加入してからは、彼が人の指図を耳に入れたことなどなかった。

一方のエドワードの経歴は不明だったが、腕は確かだ。自分の実力にかなり自信があるのだろう。

「ちょっと待ってよ！　さすがにそれは危険だってば。一旦村まで戻って――」

「さあ、ヒュドラが寝ている今が好機だ。行くぞ！」

フラウの制止を聞かず、ヨハンが気合の声を張り上げて大剣を手に走り出す。エドワードも自らの剣に炎を付与して、ヒュドラへと斬り掛かっていった。

「ほんと……どうなっても知らないんだからね！」

フラウが苛立たしげに唇を噛み締めているが、こうなってしまってはもう戦うしかない。

毒を浴びせられる前に倒すか、ふたりが〈毒の息〉を避けてくれるのを期待するしかないだろう。

もうどうにでもなれ、だ――

イリーナは半分自棄《やけ》になりながら、攻撃魔法をヒュドラに向けて放つ。

そして――ヒュドラへの奇襲は成功した。

エドワードとヨハンの魔法剣の攻撃が、瞬く間に五本あるうちの首を一本吹き飛ばしたのである。

「ふっ、やっぱりな！　ヒュドラなんて〝マッドレンダース〟の敵じゃないよ。この前戦ったファイヤドラゴンのほうが強かったくらいだ！」

ヨハンが吹き飛んだ首を見て、余裕綽々《よゆうしゃくしゃく》な様子で言った。

簡単に首を飛ばせたのはヒュドラの寝込みを襲ったからだろうとイリーナはツッコミたくなった

が、今はそれを指摘している場合ではない。

ヒュドラが目覚め、本格的に臨戦態勢に入ったのだ。寝込みを襲われた上に首まで落とされたものだから、かなり怒っている。危険だ。

「ふん……これが上位危険種の魔物だと？　俺ひとりでも十分なように思えるがな」

エドワードも不敵に笑い、剣で斬りつけてヒュドラの身体に傷を負わせていく。

確かに、ヒュドラは思ったほど強くなかった。

エルディの魔法武具のおかげで、エドワードの攻撃力が格段に上がっているのも大きいだろう。

序盤に首を吹き飛ばしたことで、ヒュドラの動きも悪い。

これなら勝てそうだ――そう思ったのも束の間。

ヒュドラがその恐るべき再生能力を発揮し始めた途端、イリーナたちの優勢だった戦いは一変したのである。

まだ首の再生は追い付かないようだが、身体の傷はすでに回復している。

さらに、激しい攻撃も繰り出される。

ヒュドラの残り四つの首はまるで独立した生命体のように活動していて、それぞれが攻撃を仕掛けてくる。

そのうちのひとつが、イリーナたちのほうに〈毒の息〉を吹き出した。

（危ない――！）

イリーナは即座に〈防御魔法《フォースシールド》〉を発動させたが、ヨハンとエドワードは防御が間に合わず、毒の息に直接晒されてしまった。

彼らの動きは瞬く間に鈍くなり、苦痛に顔を歪《ゆが》めている。

「ぐっ……く、くそ！　フラウ、早く僕らの毒を治せ！」

「わかってるわよッ！」

ヨハンの怒号に、フラウが苛立った様子で〈異常回復魔法〉を唱える。

しかし、一度治してもすぐにまた〈毒の息〉を浴びてしまい、何度も〈異常回復魔法〉を唱える羽目になっていた。

首を一本狩ったといえども、残り四本ある。

同時に〈毒の息〉を吐かれたら、避け切れるわけがない。

イリーナは必死にフラウを援護しながら、自らも〈火炎の矢《ファイヤボルト》〉をヒュドラに放ち続けた。

しかし、ヒュドラの再生能力はイリーナたちの想像を超えるものだった。

〝マッドレンダース〟の攻撃がヒュドラの身体に与えたダメージは、瞬く間に修復されてしまう。

イリーナの魔法攻撃も、ヒュドラの厚い鱗と再生能力に阻まれて効果が薄かった。

奇襲で切った首も徐々に復活してきていて、元の五本首に戻るまでそう時間は掛からないだろう。

四本首の状態でこの手強さだ。五本に戻られたら、確実に手に負えない。

ヨハンとエドワードの戦い方は、エルディのいない現状での限界を露《あら》わにしていた。

というより、戦いが始まってからずっと感じていた違和感が、浮き彫りになってしまっただけだ。

（エルディがいないだけで、こんなに戦いづらいだなんて……！）

イリーナは舌打ちをしながら、〈防御魔法〉で〈毒の息〉から身を護る。

全く普段通りに動けなかった。

いつもならバンバン放てる大魔法も、この戦いでは一度も使えていない。

エドワードの加入前、〝マッドレンダース〟はヒュドラ級の魔物・ファイヤドラゴンと戦ったことがあった。

しかし、あの時はこれほど戦い難くはなかったはずだ。ファイヤドラゴンと戦った際は強力な魔法を自由に使えていたが、今回イリーナは牽制程度の魔法しか放てていない。

理由はいくつかあった。

まず、イリーナの射程にしょっちゅうヨハンとエドワードが入ってくるので、狙いが定まらないこと。ふたりは好き放題に攻撃しているが、それが却ってイリーナにとっては邪魔だった。

それに、少しでもイリーナが長い詠唱を唱えようとすると――

「フシャアアアア！」

ヒュドラの〈毒の息〉が飛んでくる。

その度にイリーナは詠唱を中断して、回避を優先しなければならなかった。

（どうして……？）

イリーナはファイヤドラゴンとの戦いを思い返した。

ファイヤドラゴンと戦った際には、エルディ＝メイガスがいた。

彼がいた頃は、こうしてイリーナやフラウに敵の攻撃が向くことはなかったのだ。

彼が敵の攻撃をいつも自分のほうに引き付けてくれていたし、ファイヤドラゴンの〈炎の息《ファイヤブレス》〉も何故か不発に終わっていた。

こうしたことは一度や二度ではなかった。イリーナは、〝マッドレンダース〟に加入してから、敵から魔法やブレスの攻撃を直接受けたことがなかったのだ。

どういうことだろう、と考え始めたが、イリーナの思考はそう長くは続かなかった。

「ぐわああああああ！」

ヒュドラの咆哮《ほうこう》とともに、エドワードの叫び声が聞こえてきた。

不用意に突っ込んだところに、ヒュドラの尾の反撃を受けてしまったらしい。

エドワードは弾き飛ばされて、岩に直撃した。受け身も取れておらず、危険なぶつかり方だった。

「エドワード!?」

ヨハンが絶望にも似た悲鳴を上げる。

エドワードが倒れたら、全ての攻撃をヨハンひとりで受けなければならないからだ。

ヒュドラの猛攻をヨハンひとりで凌《しの》ぐのは、さすがに無理がある。

「お、おのれぇ……！　蜥蜴《とかげ》風情がぁ！」

エドワードは歯を食いしばって立ち上がったが、決して傷は軽くない。

ふらふらしているし、足元もおぼついていなかった。意識を失う寸前だ。

「エドワード！　大丈夫⁉」

「かはっ……面目ない。早く治してくれ。ヨハンひとりでは長くは持たんぞ」

「そんなの、わかってるよ……！」

吐血するエドワードにフラウが〈治癒魔法〉をすぐに掛ける。しかし、彼女の顔色も良くない。

これまでに何度もヨハンたちが〈毒の息〉を受けていたので、その度にフラウは〈異常回復魔法〉で治していた。おそらく、彼女の魔力が残り少なくなってきているのだ。

まさしくエルディが最も懸念していた状況が生じていたのである。

「フ、フラウ！　何やってるんだよ！　もっと強力な魔法で早くエドワードを治してくれ！　僕ひとりじゃ防ぎ切れない！」

「今治してるから、ヨハンはヒュドラの足止めをして！」

「それがキツいって言ってるんじゃないかぁッ！」

ヨハンが泣きそうな声でフラウを叱咤《しった》するが、急《せ》かしたところで〈治癒魔法〉の速度が上がるものではない。続けて、ヨハンの矛先はエドワードに向けられた。

「おい、エドワード！　お前もこんな攻撃で腰を抜かしてるんじゃない！　役立たずが！」

敵の攻撃が直撃して戦線から離脱するなど、エルディがいた頃では考えられなかった。

彼ならば上手く攻撃を避けて、反撃のひとつでもくらわしていただろう。

そんな連携が当たり前になっていたからこそ、ヨハンは余計にエドワードに腹を立てているのだ。

(でも、エドワードが悪いわけじゃないわ……きっと、エルディは異常なまでに〝眼〟が良かったのよ)

こうして客観的にエドワードとエルディの動きを比べられるからこそ、視えてくるものがあった。

エドワードは魔法も使える戦士で、エルディが使っていた魔法武具を装備している。

おそらく単純な戦闘力だけでいうなら、エルディよりも上だろう。

だが、エルディは攻撃以外のところでパーティーに貢献《こうけん》していたのだ。

敵の攻撃を避け、引き付けることで自分に攻撃が常に向くようにしていた。そして、彼はその全てを避けていたのである。それはエルディが守りの戦士であるが故、だ。

「僕は……僕は〝マッドレンダース〟のヨハン＝サイモンだぞ！　お前ごときに負けて堪るか！食らえ、必殺――ぐわあああっ!?」

苛立ったヨハンが、跳び上がって大技を放とうとした時だった。

ヒュドラはその隙を見逃さず、残り四本のうちの首の一本で、ヨハンに向けて頭突きを放ったのである。

その攻撃に弾き飛ばされはしたものの、ヨハンは身に付けていた重厚な鎧によって何とか軽傷で済んでいた。

「く、くそぅ……！」

「キシャァァァア！」

しかし、ヒュドラは攻撃の手を緩めない。

土魔法〈石飛礫《ストーンブラスト》〉で追撃してきたのである。拳大ほどの無数の石が、ヨハンに降り注ぐ。

「ち、ちくしょう！」

ヨハンは大剣を盾にして致命傷を避けるが、彼の鎧は石つぶてによって破壊される。

「ぐわっ！」

ヨハンがその痛みに呻いた。鎧を破壊するほどの石の攻撃だ。身体への痛みも当然ある。

そんな彼の前に、ヒュドラは悠然として立ちはだかっていた。

「シャアアアア……！」

「あ、あぅ……」

ヨハンの顔に、怯えの色が広がっていく。

完全なる威嚇《いかく》。その姿は、まさしく蛇に睨まれた蛙《かえる》だった。強者が弱者を睨み、弱者が怯える構図である。

「な、何でだよ!?　何でこんなことになってるんだよ！」

この絶望的な状況の中、ヨハンの口から出たのは愚痴《ぐち》だった。

「何で僕らがこんなに苦戦してるんだよ！　ヒュドラなんて、僕らの敵じゃないはずだろ!?　ふざけるなよ！　あんな雑魚剣士がひとりいなくなっただけで、何でどいつもこいつも使えないんだよ！　お前らもっとやる気出せよ！　あいつなんて、いつも逃げ回ってただけじゃないか！　おい、早く僕を助けろ！　早く……助けて、くれよォッ……！」

　捕食前の獲物を見つめるがごとく、ヒュドラはじっとヨハンを見下ろしていた。

　それに対して、ヨハンはただ惨《みじ》めに文句を垂れ、助けを乞《こ》うしかなかった。

　だが、ヒュドラが人間の事情など知る由《よし》もない。ましてや、寝込みを襲われ首を一本飛ばされているのだ。仮に言葉を理解していたところで、見逃しはしないだろう。

　ヒュドラの首の一本がにゅっとヨハンのほうを向いて、口を開けた。

　その刹那――

「奇跡の風よ……疾風《しっぷう》のごとく、全てを切り裂け！」

　イリーナの詠唱とともに風の刃が空気を切り裂き、ヨハンのほうに伸びていたヒュドラの首を吹き飛ばした。

　このままではヨハンが殺されると思ったイリーナが、咄嗟に風魔法を放ったのだ。

「やった……よくやったぞ、イリーナ！」

　九死に一生を得たヨハンが嬉しそうな声を上げるが、イリーナにとっては全く喜ばしい状況ではない。

　彼女からすれば、自分の身を滅ぼしかねない行為に他ならないからだ。

エドワードはまだ治療中で動けないし、フラウも同じだ。

今、ヒュドラの攻撃がイリーナに向けば、誰も彼女を守る者がいないのである。

案の定、首を吹き飛ばされて怒りに狂ったヒュドラが、真っすぐにイリーナのほうへと向かってきた。

「キシャァァァア！」

「ひっ……」

そのあまりの迫力に、イリーナの口から情けない声が漏れた。

ヨハンやエドワードでさえもまともに太刀打ちできなかった魔物である。

一般人と変わらぬ身体能力しか持たない魔導師のイリーナに対処などできるはずがない。

「ほ、炎よ……て、敵を打ち滅ぼして……」

〈火球《ファイヤーボール》〉の魔法を放とうとするが、迫りくる化け物を前に、恐怖で最後まで詠唱できなかった。

手足が震えて、逃げることすらままならない。もう、どうしようもなかった。

「くそお！　お前の相手は僕だ！　こっちを向けぇ！」

イリーナの危機を悟ったヨハンがヒュドラの背中を斬りつけるが、中途半端な攻撃でヒュドラを止められるはずがない。

そして、次の瞬間——ヒュドラの大きな口にイリーナの身体はがぶりと横から咥《くわ》えられていた。

それと同時に、鋭い牙によって腹部が貫かれる感触に襲われて……そこで、彼女の意識は途絶えた。

＊

意識が戻ってきて、イリーナはゆっくりと瞳を開けた。

彼女の視界に真っ先に入ってきたのは、家屋の天井だった。

「あ、れ……？」

イリーナの持つ最後の記憶は、ヒュドラの牙が自らの腹部を貫通したところまでだ。

自分自身でさえも死を確信した瞬間だったが、どうやらまだ生きているらしい。

起き上がって窓の外を見てみると、そこはドンディフの村に違いなかった。

「あ、起きた？」

「……フラウ」

ちょうど目を覚ましたタイミングで部屋に入ってきたのは、同じパーティーメンバーの治癒師・フラウだ。彼女は困ったような笑顔で、イリーナに「おはよう」と言った。

「……おはよう」

イリーナは何とも言い難い表情で挨拶《あいさつ》を返した。

自らの置かれた状況がさっぱりわからなかったのだ。

あのヒュドラとの戦いは悪夢だったのだろうか？

そう悩んでいると、フラウが唐突に「ごめんね」と謝った。

「……何が？」

「お腹の傷、完全には消せなかったの。あと何回か治療を重ねれば痕《あと》もなくなると思うんだけど……あの時はあなたの命を救うので精一杯だったから」

ヒュドラに殺され掛けたというのは、どうやら夢ではなかったらしい。

イリーナが毛布をめくって自らの腹部を見ると、そこにはくっきりと牙で貫かれた痕が残っていた。

傷は完全に塞《ふさ》がっているが、その傷の深さは傷痕からもよくわかる。本当に死んでいてもおかしくない怪我だったのだ。

「ううん、ありがとう。あの状況で助かるとは思ってなかったから。っていうか、どうやって助かったの？　絶対に全滅したと思ったんだけど」

「ああ、うん。あの後ね……」

それから、フラウはイリーナが気絶してからの一部始終を話した。

曰く、イリーナが気を失ってヒュドラに丸呑みされそうになったところを、戦線に復帰したエドワードが必殺の魔法剣をお見舞いし、ヒュドラの首を一本飛ばしたのだそうだ。

そこからエドワードがイリーナを抱えて戦場から離脱しつつ、フラウとヨハンにも退却指示を出したのだという。

その状況でも、首が残り二本だからとヨハンは退却に反対したが、エドワードとフラウが「ならひとりでやれ！」と怒鳴ったことで渋々従ったそうだ。

そして、ヒュドラから逃げ切ったところで、残りの魔力を全て使い、フラウがイリーナを治療してくれたという話だった。

フラウの話を聞いて、イリーナは愕然とした。

「え？　ちょっと待って。私が死にそうになってたのに、まだ戦おうとしたの？」

「……うん」

「有り得ないんだけど、あいつ」

「ほんとにね。あのバカっぷりにはさすがにあたしもドン引きだよー」

フラウは幼い顔に似合わず毒舌なのだが、今回は毒舌ではなく本心からヨハンを見損なった様子だった。

あの状況下で仲間の命よりも依頼の達成を重視したというのが信じられない。

確かに残りの首は二本だったが、あのまま戦いを続けていれば、間違いなくイリーナは死んでいただろう。

いや、フラウの魔力の残量も鑑みれば、全滅の可能性もあった。

「それにしても、エドワードに助けられたのね……後でお礼言わないと」

「エドワードはエルディの魔法武具の付与効果があったから助けられたって言ってたけど……皮肉

な話よね」

「全くね。エルディがいれば、きっとヒュドラ相手でもあそこまで苦戦はしなかったでしょうし」

そこで、ふたりの間に沈黙が残る。

おそらくフラウも同じことを考えているんだろうな、というのを感じた。

エルディを連れ戻す——きっと、彼女もそう考えたはずだ。

だが、互いに視線を合わせ、気まずそうに苦笑いを交わす。

「やっぱ……無理、だよねぇ。あたしだったら絶対戻らないもん」

「私もよ。そこで戻ってくるなら、逆にエルディの神経を疑うわ」

その視線から互いの心情を読み取り、同じ結論に辿り着いていたことを確認し合う。

一度追放してさらに装備まで譲らせておいて戻ってきてくれ、はさすがに虫が良過ぎる。

誰がそんな要求を呑むというのだ。きっと天使だって呑まない。

「それで、リーダーくんは何て言ってるの？」

「イリーナが目覚めて体調が回復し次第、今度は解毒薬を買ってもう一回ヒュドラ討伐、だって」

「……だと思った」

イリーナは額に手を当て、大きな溜め息を吐いた。

確かに、解毒薬によってフラウの魔力消費は抑えられるので、幾分かは戦いやすくなるだろう。

だが、根本的な問題はそこではない。仮にフラウの消費魔力を抑えられたところで、今の〝マッドレンダース〟でヒュドラを討伐するのは困難だ。

「イリーナが回復してからって口では言ってるけど、ヒュドラは再生速度が速いからなるべく早くに行きたいって本心は見え見えだったけどね。今だって、イリーナが目覚めてるか様子を見てこいって言われたくらいだし」

フラウもげんなりだといった様子で、肩を竦めた。

どうやら〝マッドレンダース〟は仲間の命よりも依頼の達成が大切らしい。エルディがいた頃にはなかった発想だ。

いかに彼が仲間たちのためにヨハンを制御してくれていたのかがよくわかる。このパーティーの実質的なリーダーはエルディだったのだ。

「「…………」」

何となく、そこでイリーナとフラウの視線がもう一度交わる。

もちろん、言葉はない。だが、その瞳から感じる意思は互いに共通していたものだと思われた。

「ねえ、フラウ」

「何？」

「私、〝マッドレンダース〟を脱退しようって思ってるんだけど……一緒に新しいパーティーでも組まない？」

「奇遇だね？　あたしもちょうど、同じことを提案しようと思ってたところ」

ふたりはにやりと笑みを交わし、がっしりと握手した。

その日のうちに、魔導師と治癒師はこっそりと〝マッドレンダース〟から抜け出した。

翌日ふたりの脱走に気付いたヨハンは、半狂乱になって叫んだという。

2

「――ディ様、エルディィ様」

身体を揺すりながら、誰かがエルディィを呼んでいた。

その声に導かれるように、ゆっくりと目を開く。すると……目の前で、銀髪碧眼の美しい少女がこちらを覗き込んでいた。

「おはようございます、エルディィ様」

「――うぉ!?」

予想もしていなかった光景に、エルディィは驚いて飛び起きた。

エルディィの顔を覗き込んでいたのは、ティア＝ファーレルに他ならない。

ちょっとやらかして堕天使にされてしまった憐れな天使――今はその象徴である黒き翼は隠されているようだ――である。

「……どうしたんですか？」

ティアは小首を傾げ、跳び起きたエルディを不思議そうに見つめていた。

「いや……何でもない。おはよう、ティア」

「はい。おはようございますっ」

にこにこと無邪気な笑顔を向ける堕天使に、エルディは小さく溜め息を吐いた。

朝一でいきなり他人に顔を覗き込まれることが今までなくて、驚いてしまったのだ。

慣れていないことではあるのだが、彼女の笑顔には癒されてしまう。

何とも変な感覚だった。

（あーびっくりした……そういえば、昨日はティアと同室だったんだっけか）

ちらりと隣のベッドを見て、ことの成り行きを思い出す。

もともとは別々の部屋を予約するつもりだったのだが、部屋の空き状況の問題でティアと同室になってしまったのである。

彼女がそれでは困るだろうと思って宿屋に抗議しようとしたのだが、どうやら天使には人間の男女意識がないそうで、「どうして別々の部屋にする必要があるんですか？」ときょとんとされてしまった。

エルディが頭を抱えたのは言うまでもない。

ただ、いちいち理由を説明するのも面倒だった——というより冷静に解説するとなると恥ずかしさが勝ってしまった——ので、そのまま同室に泊まることにしたのである。

〝マッドレンダース〟ではこれまで様々な冒険者が入ったり抜けたりしていて、その中にはもちろん女性もいた。

直近ではイリーナとフラウが所属していたので、こうして宿屋や夜営で女性と寝食をともにするということに対して、エルディとてそれほど抵抗があるわけではない。

ただ、ティアはその容姿が美しいこと以外に、距離感が人間の女性より近く、エルディに対して警戒心がない。

昨晩は湯上りの状態でキスをされるのではないかというくらい顔を近付けてきた。

そのため、エルディとしては変な下心で暴走しないように自らの欲求を抑える必要があったのだ。

「いい天気ですよ」

ティアはカーテンを開けると、太陽にも負けない笑顔をこちらに向けた。

「そうだな。眩しくてうんざりしてきたよ」

「もう、何てことを言うんですか。太陽は神様の祝福なんですよ？」

ティアは少し怒ってそう言うと、すぐに顔を綻ばせた。

健気なのか愚かなのかはわからないが、それでも彼女が憎しみに満ちているよりは、きっとこのほうがいい。

エルディはそのように思うのだった。

「今日も依頼を受けるんですよね？」

「ああ。受注は昨日のうちに済ませてあるから、直接その場に向かえばいいよ。できれば今日中に二件は熟《こな》したい」

エルディは服を着替え、安物の剣を腰に携《たずさ》えた。

あと二つ三つくらい依頼を熟《こな》せば家の頭金くらいなら貯まるだろうし、もうちょっとマシな武具も揃えられるだろう。

「どんな依頼なんですか？　またお掃除でしょうか？」

「いや、今日のは廃墟《はいきょ》の探索っていうのかな？　珍しい依頼だよ」

エルディは軽く伸びをしながら、今日の依頼をティアに伝えた。

今日の目的地は言ってしまえば、幽霊《ゆうれい》屋敷だ。

街のはずれに、昔幼い子供が亡くなった下級貴族の館があり、近頃そこで好奇心旺盛《おうせい》な街の子供たちがよく冒険ごっこをしているのだという。

しかし、つい最近子供たちが幽霊と思《おぼ》しき声に立ち退くように脅かされたらしい。

親としては心配なので、本当に幽霊かどうか確認してきてほしい、というのが今回の依頼だった。

ちなみに依頼は保護者が連名で出しているようだ。

幽霊がいないかどうかの確認と、出た場合の退治が主な仕事内容なので、正直行かずに「いなかった」と嘘を吐いてもバレなさそうである。

ただ、エルディは冒険者の中でも真面目な部類だ。

それに、もし本当に幽霊らしきものがいて人に危害を加えることがあったら、こちらの責任問題になりかねない。

念のため、調査する必要があるだろう。

「幽霊屋敷ですか。どんな場所でしょう?」

「まあ、普通に廃屋だろうな。あ、怖いのは苦手か?」

「怖い、ですか?」

エルディの質問が理解できないといった様子で、ティアは不思議そうに首を傾げた。

「ん? 幽霊だぞ。怖くないのか?」

「幽霊が怖いというのはよくわかりませんが……もし霊魂が現世で迷っているのでしたら、あるべき場所に導いてあげたいです。きっと、それが私たちの本来の役目ですから」

ティアは柔らかく笑ってそう言った。

元天使にとって、霊魂や死霊の類は恐怖の対象ではなく、天へと導かなければならない存在のようだ。

堕天使にされてしまったというのに、彼女は自らに天使としての役目も課したままだ。

本当に愚かというか、健気というか。少し呆れてしまうが、エルディは彼女のそんなところが気に入っていた。

「そっか。それなら大丈夫そうだな。もし悪霊やらが暴れ回ってたら、力を借りるぞ」

「はい、任せてくださいっ」

相変わらず無邪気な笑顔を浮かべたまま、腕を軽く曲げて、ほんのわずかに拳を握りしめる。

細い腕に浮かぶ微かな線は、彼女の純粋な意気込みを示していた。

(呑気なもんだな)

エルディにとっては、〝マッドレンダース〟として受けてきたどの依頼とも全く異なっていて、どういった気持ちで望めばいいのかいまいちわからなかった。

ものすごく日常的でのんびりしていて、危機や危険とは対極にある依頼。

きっと、過去の自分だったら絶対に受けなかった類のものだ。

だが、今はこういったのんびりとした仕事——だが、確かに困っている誰かのためになるもの——も案外悪くないなと思うようになっていた。

それはきっと、いつもにこにこと微笑んでいる堕天使の彼女が隣にいるからに他ならない。


「さて……あれが例の幽霊屋敷かな？」

街の中心部からほんの少し離れたところにある森の中に、目的の屋敷があった。

二階建ての、そこそこ大きな建物だ。

距離的にも街からそれほど離れているわけではないし、城壁内は魔物も出ない。

屋敷は遠目で見てもわかるほどに朽《く》ち果《は》てており、以前は優雅だったであろう庭園も、もはや手入れがされておらず、木々が生い茂って建物を薄暗くしていた。

これなら確かに、子供にとっては良い遊び場になりそうだ。男の子ならば度胸試ししたくもなるだろう。

ただ、親の立場ならば、万が一の危険を考えてしまうのもわかる。だからこそ、連名にしてまでわざわざギルドに依頼を出しているのだ。

「ティア、何か感じるか？」

「いえ……外からは、これといって何も」

ティアは目を閉じて意識を廃屋に向けていたが、首を横に振った。今のところ、霊的な何かはいなさそうだ。

「中に入るしかないか」

「ですね」

エルディとティアは目を合わせてから、一歩前に踏み出して重々しい大扉を開けた。

扉がゆっくりと開いていくにつれて、古い木と金属がきしむ音が暗闇に響いた。

ティアが何かを呟《つぶや》き、手のひらにほんのりと光る魔法の玉を作った。

松明《たいまつ》の代わりだろう。真っ暗なエントランスに灯《とも》りが燈り、視界が広がる。

どうやら、天使ともなると松明を作り出すことも造作ないらしい。

さすがは天使様。いや、堕天使様だ。非常に助かる。

ふたりが敷居を越えると、その瞬間大扉が自ら閉まった。

エルディとティアは振り返り、扉が完全に閉じた瞬間を見届ける。

「大層な出迎えじゃないか」

エルディが呟く。

どうやら、こちら――というよりきっと隣に立つ堕天使の少女だろうが――が只者《ただもの》ではないと察したのかもしれない。霊的なものがいるのはどうやら間違いなさそうだ。

「……私たちに何かを求めているのでしょうか」

「ただ腹が減っただけかもな」

「もう、エルディ様ったら」

一瞬だけ緊張した空気が漂うが、エルディの軽口によってすぐにその緊張は解けた。

肝試しは呑まれたら負けだ。

霊的な存在が攻撃的なものかどうかの判断はまだできないが、その予想が正しければ、こちらの怯えだったり、不安だったりにつけ込んでくる。

ならば、こちらの示すべき態度も自《おの》ずと決まってくるというものだ。

生憎《あいにく》、エルディは元S級パーティーのメンバー。今更悪霊《あくりょう》に怯えるわけがない。

そして相方は幽霊を〝天へと導かなければならないもの〟として見ている堕天使だ。

余程強力な悪霊でも出ない限り、対処できるだろう。

エルディたちはどちらともなく歩き出し、薄暗い廊下を進んでいった。

間もなくしてふたりを出迎えたのは、薄暗いロビー。壁には古い肖像画《しょうぞうが》が飾られており、その目はまるで生きているかのようにふたりを見つめていた。

装飾品や古い燭台《しょくだい》も同じく壁に並べられ、ある種の荘厳《そうごん》さと同時に何とも言えない寂しさが感じられた。

ティアが魔法の灯りを掲げると、ロビーにあった古びた装飾品や肖像画に微かな影を落とす。

光が照らす先には、かつて何か栄華を極めたであろう、しかし今はその面影も色褪《いろあ》せた美しい階段と、いくつもの扉が並ぶ廊下が広がっていた。

「暗いな。もうちょっと明るくできるか？」

「はい。これくらいでいいでしょうか？」

ティアが魔力を込めると、手に浮かぶ魔法の玉がさらに明るく輝き始めた。その明かりが空間に広がり、ロビー全体を照らす。

「ああ。十分だ。じゃあ早速――」

奥へ進もうか、と言おうとした時である。

エルディは空気中に違和感を覚えた。

目には見えなかったが、確かに存在する何かがふたりに訴え掛けているような、不可解な感覚だ。

「さすがにピクニックっていう気分じゃダメっぽいな」

「ピクニックだったんですか？　それなら、何か食べるものも持ってきたほうがよかったのではないでしょうか」

ティアは小首を傾げた。

冗談のつもりだったのだが、真面目に捉えられてしまったようだ。ちょっと恥ずかしい。

「……依頼が終わったら、何か買って帰ろうな」

「あっ！　それなら私、フルーツサンドが食べたいですっ。生クリーム、ふわふわで美味しいですよね」

「じゃあ、俺はピーナッツバターとゼリーのサンドにしとくよ」

エルディは苦い笑みを浮かべ、肩を竦めた。

さすがに緊張感がなさ過ぎる気がしなくもないが、ティアと一緒にいると否応なしにこの空気に持っていかれてしまう。

困ったものである。

気を取り直して、エルディが奥の部屋の扉に手を掛けようとした瞬間——遠くから幼い子供の笑い声が響く。

『キャッキャッ！』

子供の声はこの厳《おごそ》かで寂しい館には不釣り合いで、しかし何よりもそれが一層不気味な雰囲気を醸《かも》し出《だ》していた。

もしかしたらこの館にいる、未練を持つ魂の仕業《しわざ》かもしれない。

ふたりは目を合わせる。

ここまでふざけてばかりだったが、さすがにまずそうだ。

「……ご登場、かな？」

「今のところ攻撃の意思はないようですけど、注意してくださいね」

「誰にモノ言ってんだ？　こんなんにビビッてて冒険者ができるかってんだ」

エルディが呵々《かか》として応えると、突如として冷たい風が吹き抜けた。

エルディの言葉を挑発と受け取ったのかもしれない。その風はまるで、ふたりの恐怖心を煽っているようにも感じられた。

その風が廊下を通り過ぎると、ティアが持っていた魔法の明かりが一瞬弱まる。

ロビーが一段と暗くなり、壁に飾られた肖像画の顔がより一層陰気に見えた。

この冷たい風と子供の声、そして光の弱まり。これらに何も関係性がないとは思えない。

エルディは剣を握る力を少し強め、ティアも魔力を玉に込め直した。

再び明るく輝き始めた灯りが、ふたりを優しく照らす。

(ちゃんと調査に来ておいてよかった。ここを野放しにしていたら、いつか子供が危険な目に遭っていたかもしれない)

エルディがそう思っていたら、子供の笑い声が再び響いた。

その無邪気な声を聞いて、ティアは眉根を寄せる。

「エルディ様。やっぱりこの館には秘密がありそうです。何かを伝えたいというか、救ってほしいというか……そういった思念を感じました」

「救ってほしい？　天使としての直感みたいなものか？」

「はい。ただ、私たちをおびき寄せる罠《わな》の可能性もあります。念のため、警戒は怠《おこた》らないでくださいね」

「もちろんだ」

エルディはティアの言葉に頷き、剣をしっかりと握り直した。

いつ何が起こるかわからない状況だ。細心の注意を払い、どんな状況にも対処できるようにしなければ。

「ま、そういうことなら……声が聞こえた方向へ進むのがいいだろうな。要するに、こっちに来いって意味だろ？」

「だと思います」

少し緊張した面持ちで、ティアが答えた。

罠だろうと何だろうと進むしかない。罠だった場合は何とかすればいいだけだ。

気を引き締めて、再び歩み出す。

ティアの手に持つ魔法の明かりが照らす範囲は僅かに広がり、その先の暗闇をいくらか照らしている。

不意に、廊下の隅で何かが動く音がした。音に続いて、子供の声が反響する。

しかし今回は、その声から切なさが感じられた。

「……こっちに行きましょう」

ティアが声の聞こえた方向へとエルディを誘導する。

エルディは彼女に続きながら、念のため剣を鞘から抜いた。

廊下を進むと、やがてひとつの扉に辿り着いた。

扉は少しだけ開いており、そこから微かな光が漏れている。

「ここですね……」

ティアは息を呑み、扉をゆっくりと開けた。

その刹那——部屋の中から光が溢れ出した。その光に照らされたのは、かつてこの館に住んでいたであろう、少女の霊。

しかし、その姿はぼんやりしており、顔の細部までは見て取れなかった。彼女は幽体のまま、エルディたちに向かって微笑み掛けている……ように見えた。

「こいつは？」

「私たちを呼んでいたのは、この子みたいですね」

ティアはエルディのほうに顔を向けると、柔らかく微笑んだ。彼女の反応を見ている限り、危険な霊ではなさそうだ。

少女の霊はそのままふたりを導くかのように、ふっと姿を消した。

「……探してみろってことかな？」

「みたいですね」

「やれやれ。幽霊とかくれんぼしろってか」

「かくれんぼ、初めてです。頑張りましょうね、エルディ様っ」

げんなりするエルディに対して、ティアはどこか楽しそうだ。

観察しかできなかった彼女にとっては、地上で起こる全てが目新しいのだろう。

それから、幽霊とのかくれんぼが始まった。

だが、どこにも少女の霊は見当たらず、エルディたちは館中を歩き回る羽目になった。

一か所を除いて全ての部屋を見て回り、ふたりは最終的に大広間の前にやってきた。

その扉は地下へと繋がっている。

「見てないのは……ここだけ、だよな？」

「はい。それに、先程二階の寝室で見つけた日記にも、地下室で何かが行われていた、と記されていましたし」

ティアは手元にある数冊の日記を見て言った。

館の中を探索中に、彼女が回収したものだ。

中身はここの家主の手記で、そこには家族が崩壊していく様が綴られていた。

手記によると、娘が亡くなってから、奥さんが何かの儀式にのめり込み、家の金を使い込んでしまったのだという。さらにはそれだけでは足りずに、勝手に借金までしてしまい、一家崩壊、そして没落へと繋がった。

家主は、奥さんが地下で行っていた儀式をひどく忌々しく思っていたようだ。奥さんへの恨み辛みがこれでもかというくらい記されている。

詳細は不明だが、娘さんに関連する何らかの儀式《ぎしき》が行われていた、というのは間違いないだろう。その儀式が何なのかについての詳細は記載されていなかったが、おそらくはろくなことではあるまい。

でなければ、まだ霊が屋敷の中をうろうろとしているわけがないのだから。

「地下で何があったのでしょうか……？」

「行けばわかるさ」

「ですね。でも、その前に……少し、訊いてみましょうか」

ティアは手元に魔力を集めて言った。

「訊いてみる？」

「はい。警戒心を少し解いてくれたみたいなので、呼び出しに応じてくれそうです」

彼女は胸の前で十字を切ってから、両手を合わせて目を閉じた。

指先が綺麗に重なり、深い祈りが静寂に包まれた部屋に広がっていく。

しばらく静けさが続いた後、部屋に異変が起きた。周囲の空気が震え、床の下から蒸気のような何かがふわりと上昇してきたのだ。

そして、その何かがぼんやりと輝き、徐々に人型……それも少女の形を象《かたど》っていく。先程目にした霊の女の子だ。手記に記載されていたここの家主の娘でもある。

「……この子が例の娘さんか」

「ですね」

エルディとティアは一瞬だけ視線を交わし、もう一度少女の霊のほうを見る。

少女はティアに対して、何か話し掛けていた。

その少女が発する言葉をエルディは聞き取れなかったが、ティアはうんうんと頷いている。

少女の霊はティアに何かを伝え終えると、そのまま地下へと潜って行ってしまった。

「何て言ったんだ？」

エルディが確認すると、ティアは少女とのやり取りを説明してくれた。

「あの子が例の娘さんで間違いありません。あの子が言うには、事故に遭って亡くなって……それから、地下で隠されていたみたいです」

「隠されていた？　何で？」

「それは……」

わかりません、とティアは困った顔で首を横に振った。

ただ、その答えは地下に行けばわかる。

彼女の表情はそう物語っていた。

どのみち、地下を見なければ依頼を解決したことにはならない。ならば、腹を括って行くしかないだろう。

(にしても……ティアがいなかったら、この依頼どうなってたんだろうな)

地下への階段を下りながら、ふと思う。

少女の幽霊は、おそらくティアの魔力に反応して現れた。それはきっと、彼女ならば何とかしてくれるかもしれない、という少女の期待の念もあったからだ。

おそらく、エルディひとりでこの館に来ていても、何も起きなかっただろう。

そうすれば、ギルドには何もなかったと報告して、そこで依頼は完了。少女の真意も無念も晴らされることはない。

何だか、それを思うとぞっとした。

あの少女は何かしらの無念というか、思い残すことがあってここに居座っているのだろう。あるいは、自身の力では離れられない状況にあるのかもしれない。

その少女を、エルディではどうやっても救うことができないのだ。

(魔法が使えないってのは……色々罪だよなぁ)

自分の境遇も相まって、エルディは乾いた笑みを浮かべた。

魔法が使えなかったがために、パーティーメンバーを解雇された。今回は、魔法が使えないがために、少女の無念を見過ごしそうになっていた。

やはり、色々損をしている気がする。

「エルディ様？」

階段から下りたところで、ティアがこちらの顔を覗き込んだ。

「え？　ああ、どうした？」

「いえ、何か思い悩んでいらっしゃったようなので。どうかしましたか？」

「……いや、何でもないよ。お前がいてくれてよかったって思っただけさ」

エルディが自嘲的な笑みを浮かべてそう答えると、彼女は怪訝そうに首を傾げた。

魔法が使えないことを今更悩んだとて仕方ない。

魔法が使えるかどうかはある種生まれつきの才能みたいなもので、それがなかった時点でエルディにはどうしようもないのだ。

剣技や武術などは後天的なものだが、魔法に関しては先天的なものなので、仕方がないと諦める他ない。魚は海で泳ぐことはできても、空を飛ぶことはできないのだ。

〝浄眼〟という特殊な眼が備わっているおかげで、ある意味恵まれてきた場面もあったかもしれないが――こうして、魔法が使えなかったせいで色々なものを見過ごしていたかもしれないと思うと、やるせない気持ちになってくる。

「俺のことはいいから、とっとと女の子の霊を何とかしてやろうぜ。きっと待ちくたびれてる」

劣等剣士は肩を竦めると、地下室の扉の取っ手に手を掛けた。

ゆっくりと扉を開いていくと、扉は悲鳴のような音を立て、ひどく湿《しめ》った空気が外へ逃げるように吹き出す。

部屋の中には闇が満ち溢れていた。

(危険は……なさそうだな)

神経を研ぎ澄まして周囲を警戒するが、特に何の気配もなかった。

悪霊や不死系《アンデッド》の魔物に襲われることもなさそうだ。

ティアが魔法の明かりを強めて部屋の中を照らすと、壁にぶら下がる古びた書物や様々な神秘的なシンボルが闇の中から徐々に浮かび上がってきた。

部屋の中央には大きな石造りの机があり、その上には巻物や謎めいた古文書《こもんじょ》が散らばっている。

壁沿いには棚が並び、異なる大きさと形を持った瓶《びん》や壺《つぼ》がいくつも並べられていた。

机の上には、小さな銀製のナイフ、奇妙な形の火鉢《ひばち》、そして焼け焦げたような木片など、何かしらの儀式に使われていたであろう道具が置かれている。

壁には不気味な図画や古代の文字が描かれており、それらは死霊術《ネクロマンシー》を暗示するようなものだった。

「死霊術の研究室、か。となると、あの子が受けていた儀式ってのも……」

「……だと思います」

ティアは眉根をきゅっと寄せて、何とも言えない表情をしていた。

元天使である彼女にとっては、人間が霊魂を操ろうとすることに対して色々思うところがあったのだろう。

愚かと感じるのか、無駄な努力と思うのか、あるいは怒りを覚えるのか、その真意はわからない。

だが、とてもつらそうな顔で周囲を見ている。

部屋の真ん中まで進むと、頭の中に直接誰かの声が流れ込んできた。

『私はここにいる。お願い、見つけて』

先程よりも近い距離にいるからなのか、今度はエルディにもわかるくらい、はっきりと声が聞こえた。

いや、直接耳に聞こえたというより、心に響く、という感覚だろうか。

いずれにせよ、エルディにとっては初めての経験だ。

声が聞こえたほうに顔を向けると、ティアも同じくそちらを見ていた。おそらく、彼女にも聞こえたのだろう。

少女の声は、大きな木製の箱から発されているように思えた。ふたりは箱に近付き、ゆっくりと蓋を開く。

中には案の定——先程の声の主のものと思しき小さな遺体が横たわっていた。

もはや白骨化していて性別はわからないが、服や頭部に飾られた髪飾りから、先程の少女に間違いないだろう。

「……よく頑張りましたね。長い間、お疲れ様でした。どうか、安らかに」

ティアは柔らかく微笑み、女の子の頭を優しく撫でた。

いつもの幼さはなく、どこか慈愛に満ちた表情。それはまるで、宗教画を彷彿《ほうふつ》させるような笑顔だった。

もしかすると、これが彼女の〝天使〟としての一面なのかもしれない。

女の子の遺体が光り、中からふわりと魂だけが浮き上がって、天井をすり抜けていく。

これから、あの女の子もあるべき場所に還《かえ》るのだろう。

「案内しなくて良いのか？」

一応、訊いてみた。

天使は死した魂を天界まで案内する、魂の導師の役割を担っていることを思い出したのだ。

「あの子なら大丈夫です。自分の向かうべき場所を、しっかりと理解していますから」

ティアは少女の霊魂が消えた天井を見て、あたたかな声色でそう言った。

堕天使――いや、元天使の彼女が言うのなら、間違いないのだろう。

それなら安心だ。

「やっぱり……あの子の親が死霊術で甦《よみがえ》らせようとしてたのかな」

「それもあの子が教えてくれました。お母さんが娘の死を受け入れられず、死霊術に手を出していたそうです。でも、もちろん成功するはずもなくて……」

「なるほどな。それで、ずっと天に還ることもできず、あの子を悪戯《いたずら》に留めてしまってたってわけか」

ティアはこくりと頷いた。

少女は両親が息絶えた後も、誰もいなくなった廃屋で、誰かが魂を解放してくれるのをずっとひとりで待っていたようだ。

それはきっと、酷く寂しいものだったろう。

屋敷の心霊現象も『私を見つけて』というあの子からのメッセージに他ならない。

「難しいですね……人間って」

ティアは悲しげな表情を浮かべて、少女の遺体を見下ろした。

「きっと、親御さんも生き返らせられるはずがないってわかっていたはずなのに。それが死者を冒《ぼう》涜《とく》することだっていうのも、わかっていたはずなのに……それでも、死霊術に手を出してしまうんですね」

「受け入れたくない現実があれば、わけのわからないものにでも縋《すが》ってしまうものなのさ、人間ってやつは」

「そういうもの、なのでしょうか」

彼女はどこか納得できていない様子で、難しい表情をしていた。

おそらく、まだ自分が人間を理解し切れていないことそのものに思い悩んでいるのだろう。天使の彼女からすれば、死を悼《いた》む気持ちも人とは意味合いが全然異なる。

エルディは笑みを浮かべて、彼女に言ってやった。

「大丈夫さ。ティアは何も間違ったことはしてないよ。少なくとも、あの子は喜んでたし、お前がいなかったらこの依頼は達成できなかった。それが全てさ。だから……お前はもっと自分に自信持てって」

「……はいっ。ありがとうございます、エルディ様」

エルディの言葉に、ティアはにっこりと微笑んだ。

そして、少しだけ躊躇《ちゅうちょ》してから、唐突にこんなことを訊いてきた。

「人の……弔《とむら》い方を教えてください」

少し意外だったが、エルディはもちろん快諾《かいだく》した。

天使の考え方では、魂のない遺体には価値がないらしい。

だが、人間にとってはそうではないことくらい、地上を観察していた彼女も知っている。

だからこそ、人の価値観で、この少女をしっかり弔いたいのだそうだ。

これも、彼女が人の世界で生きていくことを決めたからこそ出てくる発想だろう。

人間と天使——種族が異なり、地上と空という生活空間そのものが異なるのだから、理解できない部分があるのは仕方ない。

そもそもただ空から見ているだけで、人間の何が理解できるというのだ。観察師、伝道師、導き手、色々な役割を担う天使がいるそうだが、所詮それは与えられた仕事の一部に過ぎず、本質の理解とはほど遠い。

しかし、ティアは違う。彼女は人間の世界で生きていこうと決意し、そして人間のエルディとともに歩み始めた。

そうであれば、これからもっと人のことを理解できるだろうし、考え方も変わっていくだろう。もし、彼女が堕天使とされてしまったことに意義を見出すならば……きっと、天使でありながら、真に人を理解できる立場になれた、ということではないだろうか。

少女の遺体を弔うため、庭で花々を摘《つ》んでいるティアを見て、エルディはそのように思うのだった。

四章　新たな生活

1

なだらかな農道を、ゆっくりと農作業用の牛車が進む。

元〝マッドレンダース〟の魔導師・イリーナ＝エイベルは牛車の荷車の後方から、ぼんやりと移ろう景色を眺めていた。

牛車が進むにつれて、道沿いの木々や草花がゆっくりと後ろに遠のいていく。

風が吹く度に木々はさざめき、小鳥たちの歌声が遠くから聞こえてきた。道の両脇には、色とりどりの野花が揺れている。

時折、農夫たちが畑仕事に励む姿が見えた。

イリーナはそんな景色に目を向けながら、自らの思考に耽《ふけ》っていた。

勢いに任せてパーティーを脱退——正確に言うと脱走だが——したはいいが、その後の伝手《つて》や予定など何もない。

ただ相棒の治癒師・フラウとともに、また新たな仲間を探して一から冒険者活動をしなければならないだけだった。

今は農夫の荷車に乗せてもらい、近くの街を目指している最中だった。

（また初めからやり直し、か……）

イリーナはぽそりと心の中で独り言ちる。

フラウとは冒険者を始めたての頃に組んだパーティーで偶然出会い、それ以降一緒に行動するようになった。性格も趣味も全て正反対な彼女だが、正反対だからこそ妙に馬が合ったのだ。

フラウは自由奔放《じゆうほんぽう》な性格だが、治癒師としての力量は新人ながら一級品だった。

そして、それはイリーナも同じだ。実力がある新人同士が組むのは、ある意味自然なことだったのかもしれない。

しかし、イリーナとフラウは、その実力に見合わず、冒険者としての活動はあまり上手くいかなかった。

良い前衛の仲間に恵まれなかったのである。

かつて所属していたパーティーには、イリーナらの実力に付いていてこれず、自分の実力不足をこちらの責任にして不満をぶつけてくるメンバーや、あるいは彼女たちの身体が目当てだったメンバーもいた。

それからパーティーを渡り歩いて、偶然出会ったのが〝マッドレンダース〟だった。

彼らはイリーナと逆だった。ヨハンとエルディに付いていてこれる後衛メンバーがおらず、C級パーティーとして燻《くすぶ》っていたのだ。

そんな四人が一緒にパーティーを組むのは、おそらく自然な流れだったのだと思う。

エルディとヨハン、そしてイリーナとフラウが手を組むと、瞬く間にA級パーティーに認定された。

そこから高難度の依頼をいくつも熟《こな》していくことで、遂にS級パーティーまで駆け上がったのだ。

やっと自分たちにも運が向いて来た——そう思っていた矢先に、エルディ追放の一件と自分たちのパーティー脱退。

また前衛に恵まれない、初期の頃に戻ってしまったのである。

あれほどの実力者と出会える機会はそうそうない。しばらくは、安い報酬で食い繋ぐ燻った日々を送ることになるだろう。

それはおそらく〝マッドレンダース〟も同じなのだろうが、向こうは彼らの自業自得である。

「ねー、イリーナ」

隣でイリーナに寄り掛かって座っていたフラウが、何となしに声を掛けてきた。

「んー？」

「どこの街に行くの？」

「そうねー……どこがいいかしら？」

予定は未定。

それが今のイリーナたちだった。

どこにだって行ける自由はあるが、冒険者としての自由はほとんどない。

フラウが元気良く言った。

「どうせなら、男がたくさんいる街がいいよね！」

「……何でそうなるのよ」

イリーナは溜め息混じりに返答した。

またフラウの悪い癖が出てきてしまった。

彼女は幼い容姿に似合わず、結構男遊びが激しい。

どこまで遊んでいるのかはイリーナも知らないが、街にいる時は毎晩飲み歩いていたし、翌朝に依頼がなければ朝まで宿に帰って来ない時もあった。

飄々《ひょうひょう》としていてノリが良い性格なので、彼女は色んな人に好かれるのだ。

そんな性格のおかげで、酒場で新しい依頼を見つけてくる時もたまにある。

もちろん、男女間のトラブルにも巻き込まれやすいのだが、そこについては思い出すのも嫌なので、忘れるようにしている。

「だって、ほら。せっかく〝マッドレンダース〟から解放されて自由になったわけだし？　あたしも羽伸ばしたいなーって」

「十分伸ばしてたじゃない」

「全然だよー！　あたし、あれでもすっごく我慢してたんだからね？　二日酔いだとヨハンがすっごく怖い顔して睨んでくるから、お酒だっていつも控《ひか》えてたし」

フラウが唇を尖らせて反論する。

そういえば、〝マッドレンダース〟は朝早くから活動するのが基本だった。

難度の高い依頼を中心に受けることが多かったし、街を離れることもしょっちゅうだ。必然的に酒を控えざるを得なかったのだろう。

「じゃあ、あたしもこれから怖い顔するわね。二日酔いの治癒師なんて、邪魔でしかないから」

ジト目でフラウを見て言った。

彼女が二日酔いで真っ青な状態で現れた時、いつもフォローするのはイリーナの役目なのだ。それに、嘔吐《おうと》しそうになりながら治療されても全く回復した気にならない。

「そんなこと言わないで、大目に見てよっ！」

「今すぐ貸してたお金を返してくれるなら、いいけど？」

「……へ、へへっ。イリーナの姉御《あねご》。肩でもお揉みしましょうか？　そんなに重そうなものをふたつもぶらさげてたら、肩も凝《こ》ってるんじゃないですかい？」

ジト目のままイリーナがすぐに切り返すと、フラウが山賊の舎弟《しゃてい》みたいな喋り方になってイリーナの肩を揉んできた。

ご機嫌取りが下手過ぎる。

「重そうなもので悪かったわね。好きでこうなったわけじゃないわよ」

「あたしはちっさいから羨《うらや》ましいけどなー。それあったら男なんてイチコロじゃん？」

「はぁ……私もそう思えたら楽だったんだけどね」

イリーナは自身の胸元を見て、大きな溜め息を吐いた。

取り替えられるなら取り替えてやりたい。

これのせいで男性から変な目で見られるわ、胸目当ての男も寄ってくるわ、重いわ肩が凝るわで良いことなど何もなかった。

「まあ、冗談は置いといてさ。でも、男が多い街のほうがあたしら的にも色々嬉しいじゃない？」

「……前衛の問題ね」

「うん。だって、魔法職だけのパーティーだとE級の依頼しか受けさせてくれないんだよ？　そんな低報酬な仕事、今更やってられないって」

「そうは言っても、決まりだからね。仕方ないわよ」

そうなのだ。冒険者ギルドのランク制度は冒険者個人の実力ではなく、パーティーの平均値を見られる。たとえば、元S級のメンバーがひとりいるパーティーでも、他が新人だとせいぜいC級にしかならないだろう。しかも、たとえ元S級でも、後衛職だけとなれば、最下層のE級パーティー扱いになってしまう。

この扱いはイリーナたちからすれば不公平な話だが、これは魔導師や治癒師といった後衛職を危険から守る意味合いが強い。

言ってしまえば、後衛職は魔法を封じられてしまった場合、小鬼《ゴブリン》や犬鬼《コボルト》といった比較的弱い魔物が相手でも苦戦してしまうのだ。相手が集団ならば、殺されてしまう可能性すらある。

昔はそうした規制がなかったため、数多の後衛職を死なせてしまったらしい。

ともあれ、この制度があるせいで、そこそこの報酬がもらえる依頼を受けるためには、前衛職が不可欠なのだ。

「またメンバー探しかぁ。せっかく良いパーティーに出会えたと思ったんだけどね」

「そうね……でも、あのヨハンに付いていくのは無理だわ。命がいくつあっても足りないもの」

思い出しただけで腹が立ってきた。

こちらの忠告も聞かずに突撃し、その結果仲間が死に掛けたのに――しかもヨハンを庇《かば》って負った怪我なのに――その心配もほどほどに、すぐに討伐に向かおうとしたのだ。

さすがにやっていられない。

あのまま〝マッドレンダース〟にいれば、そう遠くない未来に命を落としていただろう。

「あいつ、怒ってるだろうなぁ」

フラウはくっくと喉の奥を鳴らして笑った。

「自業自得じゃない？　せいぜい、ふたりでヒュドラでもファイヤドラゴンでも戦ってればいいわ。死ぬまでね」

「さすがのイリーナもご立腹だね」

「そりゃ怒るわよ。あいつのせいで死に掛けたんだし」

イリーナは自らの腹を擦《さす》った。フラウが毎日治癒してくれたおかげで傷痕は消えたが、牙に腹が貫かれる感覚も、その瞬間の恐怖もしっかりと記憶に刻まれている。

おそらくこちらの傷は一生消えないだろう。

「助けなきゃよかったのに」

「そうね。人生で悔いが残る選択だったわ」

本当に後悔している。あんな奴、放っておいて逃げればよかった。

だが、そう判断する前に身体が勝手に動いていた。良い悪いではなく、自分はそういう人間なのだろう。

「あ、ねえねえ。前から思ってたんだけど、〝マッドレンダース〟ってイケメン揃いじゃなかった？」

フラウお得意の話の腰折りだ。

一体どこからそんな話になるのだろうか。フラウとも付き合いは長いが、いまだにその思考回路はよくわかっていない。

彼女は思ったことをすぐ口に出すので、話題がころころ変わるのだ。

それに付き合っていると、何を話していたかを忘れるのも日常茶飯事。たまに依頼の準備に支障が出る時もある。

ただ、移動中の退屈な時にこうして話題を振ってくれるのは結構助かる。

ひとりで考えに耽っていても、どうせ気が沈むだけだ。

イリーナはフラウの話に乗っかることにした。

「そうかしら？　あんまりそういう目で仲間を見たことがなかったけど……」

「そうだよー。エルディは色々頼りになったし、優しいし、顔も良かったじゃない？　エドワードもいかにも硬派って感じで女子に人気あったし。ヨハンも、まあ……顔だけはよかったし」

性格は終わってるけど、と付け足した。

そこに関しては、完全同意だ。

性格が悪過ぎて顔の造形など目に入らないくらいである。それは今だからこそ抱く感想なのかもしれないけれど。

一度嫌いになってしまえば、その評価はなかなか覆らない。おそらく金輪際ヨハンの評価が上がることはないだろう。

「そう？　まあ、エルディのことは頼りにしてたかな。安心感があったっていうか」

「ほう……イリーナ嬢はエルディがお好み、と」

フラウはにやりと笑ってメモをとる仕草をした。

「何でそうなるのよっ。あくまでも仲間として見た時の話だから！」

「とりあえずはそういうことにしときますか」

彼女は笑って、続けた。

「それにしても、エルディどこ行ったのかなー？　どうせならあたし、エルディとまたパーティー組みたい」

「……まあ、冒険者を続けてればそのうちどこかで会えるでしょ。情報だってすぐに入ってくるだろうし。これからどうするかは、街についてから考えましょ」

確かに、それが良い案だなとは思う。

どうせ彼もまた一からパーティーを作るか、どこか別のパーティーに加入するはずだし、それならば元メンバー同士で一緒に組んだほうが早い。

エルディならば、前衛がひとりでもいきなりB級パーティーくらいにはなれるだろう。

「そうと決まれば、まずは酒場で飲みだー！」

「その前に、ちゃんと借金返してね」

イリーナの冷たい返答に、フラウが呻いたのは言うまでもない。

＊

幽霊屋敷での依頼を終えてからの数日間、エルディとティアはリントリムの安宿を拠点にしながら、冒険者ギルドの依頼を熟《こな》していった。

もちろん、依頼の達成率は一〇〇パーセントだ。

まだ装備を整えられていないので、仕事内容は基本的に簡単で危険が少ないものばかり。迷子の子供を捜したり、薬草を採りに行ったり、掃除をしたり……どちらかというと冒険者というより便利屋に近い。

エルディからすれば退屈で仕方なかったが、ティアのことを鑑みればこちらのほうが都合が良い。まだ人間社会の文化に慣れていない彼女にとってみれば、人との関わりが主体となる仕事のほうが社会勉強になるのだ。

仕事を通して依頼主やリントリムの街の人々と話すことで、彼女はより人間の文化を理解していった。

もともと愛嬌《あいきょう》があることもあってか、人間社会に溶け込むのにそれほど時間は掛からなかった。今では、街の人たちとも普通に会話するし、何なら買い物だってできるようになっている。大した成長ぶりだ。

「エルディ様、お荷物重くありませんか？」

生活用品を買い揃えようと市場を歩いていると、エルディの手荷物を見てティアが訊いた。

「ん？　いや、別に。言うほど重くないよ」

「でも、浮かせたほうが楽ですよ？　翼は出てしまいますが」

「頼むからやめてくれ」

ただ、この通り、ティアはたまに天然発言をする。

発言だけならまだしも、何かにテンションが上がった時などについ羽がばっさばっさと出てしまうので、その度にエルディは大声を出して誤魔化さなければならないのだった。いつまで誤魔化し続けられるのか、正直不安ではある。

ヒヤヒヤさせられるのだけれど、そんな時間も何だか後から思うと笑えてしまって、案外嫌いじゃないことに気付かされる。

いや、バレたらバレたで大変なのは間違いないのだけれど。

まあ、その時は別の街に行けばいい。

今、ふたりを縛《しば》るものなど何もないのだから。

「あら、おふたりさん。こんにちは。相変わらず仲良いわねー」

買い物帰りに、後ろから声を掛けられた。

振り返ると、冒険者ギルドの受付嬢ことアリア＝ガーネットが立っていた。ギルド外で職員の制服姿を見るのは少し新鮮だ。

「おう、アリアさん。休み……ってわけじゃなさそうだな」

「ええ、仕事よ。じゃなきゃ制服着てないでしょう？」

「確かに。っていうか、ギルドの受付嬢ってギルドの外に出られるんだな。ずっとあの中に留められる呪《のろ》いでも掛けられているのかと思ったよ」

ギルド外で職員と会うことがほとんどなかったので、エルディは思わずそんな軽口を叩いた。

「失礼ね。私だって休日は――」

「え⁉　アリアさん、呪いを掛けられているんですか⁉　今すぐ解呪しますッ」

アリアが反論する前に、あたふたし出したのが堕天使ことティア＝ファーレルだ。エルディの冗談を真に受けたようだ。

すぐにでも翼を出して〈解呪魔法《ディスペル》〉を唱えそうなティアを、アリアが慌てて「違うから！　ちゃんと出られるから！」と宥めている。

エルディはそんなふたりの様子を眺めながら、ひーひーと笑い疲れていた。

「……あたしをダシにして笑うとは、いい度胸してるじゃない。せっかくあなたたちに合いそうな家を見つけてきてあげたっていうのに」

ひとり楽しそうなエルディをジトッと見つめて、アリアは溜め息を吐く。

「え、そうだったのか⁉」

「そうよ。さっきも売主のお宅まで伺って話をまとめてきたの」

どうやら、アリアが外に出ていたのは、エルディたちの住処を探すためだったようだ。

冒険者の住まい探しや仲介もギルド職員の仕事のひとつではあるのだが、まさか職員自ら足を運んでいるとは思ってもいなかった。

「鍵《かぎ》も預かってきたし、どうせだったらこの後内見に行ってみる？　街の外れだから少し歩くけど、その分値段も安いわ」

「マジか。でも、一括ではさすがに払えないしな……そこは交渉かな」

「それなら安心して。一応ギルドから融資《ゆうし》するってことで話を通してあるから、頭金だけで住めるようにはなってるわよ」

「そこまでしてくれたのか！　それはありがたい」

エルディは素直に感謝し、頭を下げた。

さすがに今のエルディたちの懐《ふところ》事情では一括で家を買うのは無理なので、分割で毎月支払おうと考えていた。

だが、ギルドが融資という形で前払いして支払ってくれるのなら、エルディの蓄《たくわ》えでも住める。

「その代わり、依頼毎に融資分は天引きされていくけどね。そこは納得してよ？」

「ああ。むしろ、ギルドが融資してくれたことに驚いてるよ」

「そこは、あなたが元S級パーティーだったことへの信用担保よ。その代わり、他の街での依頼はしばらく受けられないからね？」

なるほどな、とエルディは思った。

ギルドがエルディに融資をしたというのは、ただ元S級パーティーメンバーだから、というのだけが理由ではなさそうだ。

おそらく、経験豊富な冒険者をこの地に留めて面倒な仕事を引き受けてくれる者を確保しておく腹積もりでもあるのだろう。

「ここらで住む以上、もともとそのつもりだったよ」

「そう。これで遠慮なくあなたをコキ使えるのね。安心だわ」

エルディの答えに、アリアは悪戯っぽい笑みを浮かべた。

もともとギルドが冒険者に融資をするということそれ自体がレアなケースだ。

それに、融資を受ける冒険者側もメリットばかりではない。

冒険者は基本的にフットワークが軽く、色々な場所で依頼を受けることに恩恵を感じている者も多いので、他の街での依頼を受けられなくなるのは不便なことこの上ないのだ。

たとえば、この街で預かった荷物を隣町に運んだとして、普通の冒険者ならそのまま隣町のギルドで別の依頼を受けることができるのだが、ギルドから融資を受けてしまえば、そうはいかない。融資を受けたギルドからしか仕事を請け負えないので、一旦元の街まで戻らなければならないのだ。

ただ、パーティー追放以降、エルディはもともとどこかに腰を据えてゆっくりとした生活を送りたいと考えていた。

そんな彼だから街を転々として依頼を受ける必要はない。その目的を考えれば、融資を受ける不利益はほとんどないに等しい。

「まあ、それは置いといて……冒険者で家を持ちたがる人ってあんまりいないしね。物珍しいから融資してみろってギルド長が面白がったのよ」

「そうなんですか？」

アリアが何となしに言った言葉に、ティアが首を傾げた。

「ええ。少なくとも私は初めて見たかな？」

「どうして他の皆さんは家を持ちたがらないのでしょう？」

「持ちたがらない、というよりは持てない、のほうが正しいと思うわ」

「持てない……？」

アリアの説明に、ティアの頭の上には疑問符が次々と浮かんでいる。

好奇心旺盛な子供が大人に何でもかんでも質問しているみたいで、横で見ているとちょっと面白かった。

「こう言ったらなんだけど、冒険者っていつも危険と隣り合わせだし、移動も多いからね。家を買うよりも、安宿や借家なんかで生活したほうが安く済むのよ」

借家に住める人なんて冒険者では一握りだけどね、とアリアは付け足した。

「どうして冒険者さんはお家を借りられないんですか？」

「いつ死ぬかわからない人間に家を貸すほど、大家も人が良くないって話よ。さっきも言ったけど、冒険者は次の依頼で命を落とす可能性もあるでしょ？　そうすると、所有者がいなくなって、後処理に困るの。だから、なかなか貸してくれないのよ。そこを、ギルドが間に入って仲介するんだけどね」

冒険者には、他の職種と違って信用というものがない。収入も不安定だし、危険も多い。仮に死なれたら、賃貸人がいなくなって収入がなくなってしまう。

大家としても死活問題なのだ。

そういった交渉面を担ってくれるのがギルドの役割のひとつだった。

その冒険者のランクによって、今回のように融資してくれたり、あるいは保証をしてくれたりする。

冒険者にとっては仕事を請け負う以外にも、ありがたい存在なのである。

「そうなんですねっ。アリアさん、凄いです！」

「別に、私は何も……そういう仕事だから」

仕事の話に興奮した様子のティアに、たじたじになるアリア。

少し照れ臭そうなのが、これまた面白かった。

純粋過ぎるティアの言葉と視線にあてられているのかもしれない。

「さて、立ち話も何だし、この足で家まで行ってみようか。そこで大丈夫そうだったらそのまま決めちゃうけど、それでいいか？」

「はい、エルディ様にお任せしますっ」

エルディの提案に、ティアは嬉しそうに答えた。

今日の予定は、これで決まりだ。急ぎの依頼もないし、家の確認をしてゆっくり過ごしてみるのもいいのかもしれない。

（この切羽詰まってない感じ、良いなぁ……）

穏やかな昼下がり、青空に浮かぶ雲を眺めながら、エルディはそんなことを考える。

冒険者になってからというもの、ここまでのんびりした気持ちになることはなかった。

常に上を見て、鍛錬《たんれん》を積んで、依頼を熟《こな》していって……忙しいけれど、それはそれで充実していたように思う。

だが、一度心が折れてしまえばその生活を続けるのも難しい。

少なくとも、今のエルディにその気はなかった。

（今は……こうした毎日を積み重ねていくほうが、いいよな）

楽しそうにアリアと話すティアを眺めていると、それだけで口元が緩くなる。

〝マッドレンダース〟を追放されて、武具も金も全てを失ったと思っていた。

だが、そのおかげで彼女と出会い、すぐに新たな生き甲斐を見つけられた。

その幸運には、きっと感謝すべきなのだろう。

ティアの横顔を見て、エルディは改めてそのように思うのだった。


アリアに連れられて辿り着いたのは、街外れの森の奥だった。

ここリントリムは、他の街と随分と違う形態を取っていて、領主の持つ広大な土地を城壁で囲むことで成り立っている。

城壁の中に畑や森、水源もある。

もちろん城壁の外にも農家が住まう集落があって、農業が営《いとな》まれているが、街だけでもある程度自給自足が可能な状態にされているのだ。

何でも、大昔の領主が大変臆病《おくびょう》な性格だったそうで、全てを自身の管理下におかないと安心できなかったことが切っ掛けだったとか。

当時の領民からすれば、その臆病な領主を安心させるために延々と城壁を築かなければならなかったので堪ったものではなかっただろうが――完成したのはその領主の孫の代だったらしい――後世の民からすれば、安心して暮らせる街となっている。

アリアが見つけてきた物件は街の中心地からはかなり離れていて、歩いて一時間近く掛かってしまうような場所にあった。

街を覆う城壁からは結構近い。

「おお、これか」

「可愛らしいお家ですね」

エルディとティアはそれぞれ言葉を漏らした。

家はもちろん一戸建《いっこだ》てだが、階数は一階のみの平屋造り。あまり広くはなさそうだが、ふたりで生活する分には困らなさそうだ。

外観を見る限りは老朽化《ろうきゅうか》している様子もなく、比較的綺麗だった。

それに、周囲に人気《ひとけ》がなく、自然が溢れているのもポイントが高い。

ご近所さんもおらず、中心地から離れた森林地帯にひっそりと佇《たたず》む家、といった感じだ。

近くには小川もあって水には困らなさそうだし、住処としては決して悪くない。

「街から離れてて、あんまり手入れもしてないから、掃除は自分たちでしてくれって」

アリアは扉に鍵を差し込みながら言った。

この家にはもともと別の持ち主がいて、街を出るからと今の持ち主に家を売ったそうだ。

だが、今の持ち主も買い取ったはいいが、立地としてはあまり良くないため持て余していたらしい。買い手がいるなら譲りたいというのが本音だったようだ。

「お、家具も残ってるのか」

「キッチンとお風呂もありますよ！」

家の中を見ると、食器棚や本棚などの大半の家具はそのまま放置されていた。

埃《ほこり》は被ってしまっているけれども、それほど傷《いた》んでいる様子もないので、掃除さえすれば普通に使えそうだ。

キッチンも立派で、これなら料理もできるだろう。

しかも、ありがたいことに、離れには風呂専用の浴室小屋も設置されている。湯船に排水溝もあるので、毎日でも風呂には入れる。

「お料理ができるのは嬉しいです」

ティアがにこにこして言った。

「料理が好きなのか？」

「はい！　物質界のお料理もちゃんと作れますよっ」

「それは助かるな。じゃあ、料理の担当はティアだな」

「お任せください！」

キッチンを見てからというもの、ティアのテンションがやたらと高い。

本当に料理が好きなのだろう。

それにしても、どうやって料理を勉強したのだろう？

天界に物質界のお料理教室でもあるのだろうか。

「どうしてここが売れ残ってしまうのでしょうか？　とても素晴らしいお家だと思うのですが」

楽しそうに内覧していたティアが、ぽそりとそんな感想を漏らした。

エルディもそれには同意見だったが、売れ残った理由については察しがつく。

「ちょっと入り組んだ森の中にあるから、畑や家庭菜園を作るにしても日当たりが悪いんだ。自給自足をするにしては、あんまり優れているとは言えないな。となると、食料は街から買うことになるけど、そこでこの立地の悪さが問題になってくる」

「まあ、リントリムにはここより中心部に近くて便利な空き家もまだたくさんあるしね。わざわざこんなに遠い家を買う理由がないわけよ」

安く済ませたいだけなら借家で十分だし、とアリアは付け足した。

「遠い、ですか……？」

ティアが不思議そうに首を傾げた。

中心部から徒歩一時間が近いわけがないだろう、とエルディはツッコミたくなったが、そこですぐに思い直す。

彼女には翼があるのだ。

「お前みたいにひとっ飛びってわけにはいかないんだよ、俺たち人間は」

「……そうでした」

エルディのツッコミに対して、ティアは微苦笑を浮かべた。

何せ、彼女は通常半月近く掛けて移動するところを数時間で済ませてしまう。距離感が完全に人間とは異なるのだ。

「そっか、天使だから飛べるのね。どのくらいの速さなの？」

「ドンディフからリントリムまで数時間だったよ」

「は⁉　あの辺境から数時間⁉　冗談でしょ⁉」

エルディの返答に、アリアが吃驚の声を上げた。

彼女が驚くのも無理はない。ドンディフは山をいくつか越えなければ辿り着けず、足を運ぶにはなかなか億劫《おっくう》な場所なのだ。

エルディだって、ヒュドラ討伐の一件がなければ一生訪れなかっただろう。

「天使パワー、凄いわね……」

「あまり実感がないのですが、そう言われると照れてしまいますね」

唖然としているアリアに対して、ティアは面映ゆげにしていた。

「照れるのはいいけど、翼は出さないようにな」

「うぅ……ごめんなさい」

さっきまで嬉しそうにしていたのに、途端にしょぼくれてしまった。

そんなティアが可愛くて、エルディはつい笑みを漏らしてしまう。

ただ、この少し離れた立地というのは、ティアの翼を鑑みても悪くない。

周囲に家もないので、仮に彼女が羽を出してしまったとしても騒ぎになることはないだろう。

もし大荷物を運ばなければならなくなった時は、それこそティアのばっさばっさにお願いすれば良い。

静かに暮らしたいエルディにとっても、理想的な環境だった。

「諸々考えた上でここが良いと思うんだけど、大丈夫か？」

「はい！　素敵だと思いますっ」

ティアの即答により、エルディたちの住む家が決まった。

それから皆で一度手続きのためにギルドまで戻り、融資の準備や契約を進めた。

これで、エルディは返済を終えるまでリントリムのギルド専属の冒険者となった。

ある程度返済し終えたら他のギルドでも仕事を受けられるようになるとの話だが、それはもっと先だろう。

それに、今のところ行きたい場所もないし、生活費を稼ぎながらのんびり暮らす生活を優先したい。

「私も色々お手伝いしますね、エルディ様！」

「ああ。ふたりで頑張っていこうな」

ギルドにて契約を終えた後、追放された劣等剣士と堕天使は再度握手を交わす。

以前は初対面の挨拶としての握手。今回は、同居人兼仕事のパートナーとしての握手だ。

家を購入して堕天使とふたりで暮らすなど、かつてのエルディは考えもしなかった。

堕天使との生活がどのようなものになるのかなど全く想像もつかないが、これからはそれがエルディにとっての新しい日常だ。

いよいよ、念願のスローライフの始まりである。

「でも、掃除はどうするの？」

「どうするって？」

アリアに尋ねられ、エルディはオウム返しで訊き返した。質問の意図がよくわからなかったのだ。

「あそこまで掃除道具を持って行きづらいし、ふたりだと大変でしょってことよ。ギルドに掃除の依頼もする？　仲介料は安く済ませてあげるわよ」

そこで、エルディもアリアの言わんとすることを察した。

しかも、新たな依頼の営業も兼ねている。

さすが、仕事ができると噂のアリア＝ガーネットだ。

「それも悪くはないんだけど……頭金も支払って報酬を払える余裕もないからな。まだしばらくは簡単な仕事を受けながら、ちまちま掃除していくさ。それに——多分、掃除道具も要らなそうだし」

「はい、お任せくださいっ」

エルディがちらりとティアを見て言うと、彼女はにこにこしていた。

頼られたのが嬉しいらしい。

「彼女、天使なのに掃除が得意なの？」

「得意というか……ティアは〈浄化魔法〉が使えるんだ」

「〈浄化魔法〉？」

何それ、とアリアは怪訝そうな顔をした。

ティアが用いた〈浄化魔法〉は人間界では一般的ではないようで、皆その存在を知らないのだ。

もしかしたら魔導師あたりは知っているかもしれないが、少なくともエルディはこれまで聞いたことはなかったし、アリアの反応を見る限り、彼女も同じだろう。

「ほら、水源調査の時、俺たちの服って綺麗だっただろ？　それで、依頼の達成を信じてもらえなくて」

「ああ、そう言えばそんな話もあったらしいわね……私がいなかった時だから、詳しくは知らないのだけれど」

そこで、水源調査の報告時にアリアの姿はなかったことを思い出す。

エルディは、簡潔にティアの力を説明した。

「ま、言ってしまえば、その魔法を使えば汚れを一気に落とせるのさ。あの時もヘドロ塗《まみ》れだったんだけど、〈浄化魔法〉ですぐに新品みたいになったんだ」

「な？」とエルディが訊くと、ティアは「はい！」と元気よく答えた。

しかし、アリアは信じられないのか、訝しんでいた。

「そんな魔法なんて聞いたことないけど……ほんとにあるの？」

「何か汚れているものはありますか？　何でも綺麗にしてみますよっ」

疑うアリアに、ティアがそう提案する。

確かに、実際に見てもらうのが早いだろう。

「あ、じゃあこのハンカチの汚れを落としてもらえるかしら？　さっき落としちゃって……」

アリアは鞄《かばん》の中から汚れたハンカチを取り出し、ティアに渡した。

運悪く濡《ぬ》れた土の上に落としてしまったのだろう。ハンカチには泥がべったりと付着している。

「わかりました。では……」

ティアはそう言ってからほんの少しだけそのハンカチに魔力を込めると、ハンカチの汚れはみるみるうちに浄化されていった。

元の綺麗な状態へと戻るまでに、数秒といったところだ。

魔力を込めた拍子に背中から翼が出掛けていたが、使っている魔力が小さいからか、手ほどの大きさで済んでいた。

浄化が終わるとすぐに消えたので、エルディが慌てて隠すまでもなかった。

「すっご……なんでもありね」

新品並みに綺麗になったハンカチを見て、アリアが唖然とする。

「そんな……大したことないですよ。ほとんど魔力も使っていませんし」

人類的には大したことなのだが、天使からすれば普通のことなのか、ティアは恐縮した様子だった。

エルディは言った。

「本気を出せばもっと汚いものでも綺麗にできるからな」

「どういうこと？」

「水源調査の時、こいつ依頼内容を勘違いしててさ。土壌全部に〈浄化魔法〉を掛けるつもりだったんだ。結果、地下の一部が不自然にピカピカになってる」

「そ、それは言わないでくださいぃ～！」

自分の間違いが恥ずかしかったのか、ティアは顔を真っ赤にして手をばたつかせていた。

「その規模の汚れも落とせるって、相当ね。私も部屋の掃除頼もうかしら？」

「金は取るぞ。それか、融資の分と相殺《そうさい》だ」

ここはしっかり取っておかなければ。

天使パワーを無料で使われても困る。

「何であなたが決めるのよ！」

「それは良い考えですね！　さすがエルディ様です」

「あなたも乗っからなくていいからね⁉」

笑いながら、三人でそんな無駄話をする。

ここ数日色々な人間と話すようになって、ティアも少しばかり冗談を理解し始めた。

今ではエルディの軽口に乗っかるようになっている。

無論、これが冗談とわかっているのか、冗談とわからず天然で言っているだけなのかまではわからないが。

ただ、彼女が楽しそうにしているなら、どちらでも良いと思えた。

「まあ、でも何でもかんでも魔法頼りってわけにもいかないからな。最低限の掃除用具だけでも買って帰るよ」

「え？　でも、平気ですよ？　あの規模の広さならそんなに魔力も使わないですし」

「バカ、そういう意味じゃないよ。あの家はこれからふたりで暮らすんだからさ。だったら、俺も手伝うのが筋だろ？　拭き掃除とかくらいなら俺でもできるし」

「エルディ様……はいっ」

エルディの申し出に、ティアは心底嬉しそうな顔をして頷いた。

その横でアリアは「何で目の前で惚気《のろけ》を見せられているのかしら」と不服そうな顔をしていたが、気にする必要はない。

ふたりには、実際に惚気ているつもりもないのだから。

2

「アリア、お疲れ。次から交代するよ」

依頼待ちの冒険者の列がようやく途絶え、依頼書を難度別に綴《と》じていると、同僚の受付嬢・ケリーから声を掛けられた。

後ろを振り向いた際に、アリア＝ガーネットの赤く巻かれた髪が、ふわりと揺れる。

「あ、もうそんな時間？　ありがと。じゃあ、後よろしくね」

アリアは依頼書の束をケリーに渡して、疲れた笑みを浮かべた。

今日は朝から引っ切り無しに冒険者たちの対応をしていたため、時間の経過に気付かなかった。

暇な時は全く誰も来ないのに、忙しい日に限ってどんどん人が来る。

この現象に名前を付けてほしい。

「任せて〜。アリアはもう上がりだよね？」

「うん、今日は昼まで。この前休日出勤したから、その代わりに午後休を二日取ることにしたの」

「うちのギルドは職員も多いし、そんなに無理して働かなくていいのに」

「そう言われてもねー……やることもないし」

アリアは自嘲的な笑みを浮かべて、自らの予定を思い返す。

せっかくの午後休みだというのに、誰かとランチの予定があるわけでもなければ、もちろんデートの予定があるわけでもない。

家に帰ってゴロゴロして、夕飯を外に食べに出るくらいだろうか。

面白味のない休みの過ごし方だ。

実際、ギルドマスターからはもっと休みを取っても良いと言われている。

リントリムは街そのものが大きいこともあって、依頼もたくさん舞い込んでくる代わりに、職員数も他のギルドより多い。

アリアひとりが少しばかり休んだところで影響も少ないだろう。

しかし、休んだところで予定がない。まだ異動してきたばかりのリントリムの街でどう休日を過ごせばいいのかわかっていないのだ。

「華の二十代が何言ってんの。恋とか色々あるじゃん？　あたしだったら彼氏とデートするけどなぁ」

「……喧嘩売ってる？　そんな人がいたら端《はな》から異動なんてするわけないでしょ」

少し怒りを込めて、ケリーを睨みつけてやった。

もし休日にデートができる相手がいるなら、相手に合わせてもっと休みを消化している。その相手がいないから、暇を埋めるために働いているのではないか。

アリアの視線に、ケリーが「ヒェッ」と怯えた声を上げて、物陰に隠れる素振《そぶ》りをした。

悪気はないのだろうが、随分と恋愛ごとが縁遠くなっているアリアにとっては、あまり面白い冗談ではない。

ケリーが物陰から隠れたままアリアに訊いた。

「でも、あの冒険者の彼と結構イイ感じなんじゃないの？　お似合いだと思うけどなぁ」

「冒険者？　誰のこと？」

はて、とアリアは首を傾げる。

毎日何十人もの冒険者に対応しているので、イイ感じと言われても誰のことか全くピンと来なかった。

「またまたとぼけちゃってー。あなたの担当の彼よ。ほら、元〝マッドレンダース〟の！　仲良いんでしょ？」

「ああ、エルディくんのことね。誰かと思ったじゃない」

そこまで言われて、やっと思い至った。

確かにエルディとはよく話すし、アリアが受け持っている冒険者でもあるが、だからといって特別仲が深いというわけでもない。

「仲が良いって、別にそういうのじゃないわよ。誰もやりたがらない仕事をお願いして、やってもらってるだけ」

その仕事をお願いするにあたって、こちらも色々条件を呑んでいるのだけれど。

まあ、それはここでわざわざ話す必要はない。そもそも堕天使がどうの、などと話せるわけがないし。

「えー、ほんとに？　この前だって、融資の話を進めてあげてたじゃない」

「まあ、それはそうだけど。いつも面倒な依頼を引き受けてくれるから、そのお礼ってだけよ。融資で彼をこの街に繋ぎとめておけば、他の依頼も回せるしね」

エルディの嫌そうな顔を思い出して、思わず笑みを零す。

本当にいつも面倒な仕事ばかり回して申し訳ないとは思っているが、これもある意味仕方のないことなのだ。

ここリントリムの街は領土が大きく、人口もかなり多い。それ故に冒険者の数よりも依頼のほうが圧倒的に多く、当然冒険者がやりたがらない依頼が余る。

しかし、依頼を受理した以上は誰かに請け負ってもらわなければならない。

そんな時に、いかに上手く依頼を消化していくかというのもギルド受付嬢の腕の見せ所だ。

本来であれば骨が折れる作業なのではあるが、〝お得意先《エルディ》〟のおかげで随分と助かっている。

「そうなの？　傍から見てると、仲良さそうに見えるけどな～。いいなって思ったこととかないの？」

「まあ、手のかかる弟って感じ？」

「弟、ねえ……？」

ケリーは物言いたげな視線をアリアに向けて、ニヤニヤとしていた。

彼女がどんな話をしたいのか、どういった方向に話を持っていきたいのかはよくわかっている。

だが、その手に乗ってやるわけにはいかない。

ギルドの受付は女社会だ。

ひとたび誤解させるような発言をしてしまうと、明日には他の職員全員にそれが真実として伝わってしまう。ここは断固として否定しておかなければ。

「何よ？　残念ながら、あなたの考えてるような邪な感情はないわよ」

アリアはぎろりと再度ケリーを睨みつけて言った。

「なーんだ、つまんない。あ、そういえば〝マッドレンダース〟絡みで面白い話が入ってきたんだけど、知ってる？」

狙い通りに話を進められないと踏んだのか、ケリーが話題を変えた。

だがむしろ、そちらのほうがアリアにとっては気になる内容だ。

「面白い話？　何かあったの？」

「うん。今〝マッドレンダース〟が結構厳しい状況に置かれてるっぽいわ」

ケリーが声を潜ませて、小声で言った。

どうやら、何か情報を得たようだ。

「へえ、何それ。ちょっと聞かせてよ」


職員に与えられた集合住宅《インスラ》に戻ったアリアは、自室の扉を開けた。

柔らかな日差しが、部屋の窓から優しく差し込んでいる。

部屋に一歩踏み入れてほっと一息つくと、まずは窓を開けて新鮮な空気を迎え入れた。

外からは、リントリム特有の賑やかな騒音とともに、小鳥のさえずりが聞こえてくる。

赤い髪を軽く撫でてから、アリアは職員用制服のボタンを外していった。

(はぁ……疲れた)

制服から部屋着に着替えて、やっと仕事が終わったという気分になる。

仕事の疲れがどっと襲ってくる瞬間だ。

職員の制服を着ている限り、常に周囲からは〝冒険者ギルドの受付嬢〟として見られるし、ギルドの評判のためにも愛想笑いを顔に貼り付けている。

そこまでする必要もないのだが、何となくそれが習慣になっていた。

(それにしても、〝マッドレンダース〟から魔導師と治癒師が脱退して新パーティー設立、ねえ

……よっぽど問題があるリーダーなのね、そのヨハンって男は）

アリアはベッドの上にごろんと寝転がると、ギルドでのケリーとの会話を思い出した。

曰く、〝マッドレンダース〟から魔導師のイリーナ＝エイベルとフラウ＝ソーンリーが同時に脱退し、ふたりは別の街で新パーティーを設立。

それと同じタイミングで、〝マッドレンダース〟のリーダー・ヨハン＝サイモンはギルドの受付で揉め事を起こしたそうだ。

メンバーひとりが欠けたことによってパーティーが瓦解していくのはよくあることだが、ここまで典型的な例はなかなかお目にかかれない。

エルディが全てを調整していたからこそ、〝マッドレンダース〟はＳ級パーティーへと成り上がれたのだろう。

彼は実に優秀な冒険者だ。文句こそ言うが、他の冒険者が絶対にやりたがらないような依頼でもちゃんと熟《こな》すし、依頼人の感謝の声がギルドにも届いている。

誠心誠意依頼に取り組んでいる証拠だ。

（それにしても、エルディくんとイイ感じ、か。他の人からはそういう風に見えるのね）

ケリーの軽口を思い出し、アリアは苦笑を漏らす。

エルディは仕事ができるだけでなく、もちろん男性としての魅力もある。

面白いし、社交性もあるし、良い男だとも思う。仕事に一生懸命取り組める男は、基本的に男性的魅力にも長けている。

だが、彼に恋をするかというと、それはないと言い切れる。

そもそも、冒険者などいつ死ぬかわからないような危険な仕事だ。もし受付嬢という立場で恋をしてしまえば、気が気でなくて仕事どころではなくなってしまうだろう。

新人の頃、先輩の受付嬢に『冒険者にだけは恋をするな』と言われたことがある。

自分が依頼を任せて送り出しても、必ず帰ってくるとは限らないからだ。

訃報《ふほう》だけが届く場合もあるし、遺品が戻ってくることもあれば、音沙汰がなくなり生死さえわからなくなる時もある。

その時、一番傷付くのは自分だ、と先輩は言っていた。

特別な関係でなくても、自分が担当していた冒険者の訃報が舞い込んでくると、数日は引きずってしまう。それが恋人となれば、確かに立ち直る自信がない。

ちなみに……その先輩の胸には、身なりにそぐわない傷だらけのペンダントがいつも掛けられていた。

（ま、エルディくんに肩入れしてるのは事実だけどね。でも、それだけよ。だって、彼が誰のほうを向いてるのかなんて、わかり切っているわけだし）

エルディが見ているのは、他の誰でもない。

彼と行動をともにする少女、元天使族で堕天使となってしまったティア＝ファーレルだ。

堕天使といっても、今のところ害はない。世間知らずであるが故に天然ボケも入っているが、常に一生懸命で良い子である。

しかし、堕天使と魔族、このふたつにどれほどの違いがあるのだろうか？　その判断がまだアリアにはできなかった。

あれから気になって、アリアも堕天使については調べてみた。

大陸史からギルドの過去の依頼書、それから教会の文献まで、ここリントリムで読める資料は大抵目を通したと思う。

休日に特にやることもないので、そうした時間の潰し方しか思いつかなかった――というと悲しくなるので、仕事熱心だと思っておこう、と自分に言い聞かせている。

それはさておき、そこまで資料を読み漁ってみても、大陸史には堕天使に関する記述は見当たらなかった。

ギルドの大規模な討伐依頼を見ても、堕天使を対象とするものはない。

堕天使の文字を見つけたのは、教会の資料と伝承のみで、それも『堕天使は魔族と大差がないような種族』と簡単に紹介されていただけだった。

魔族と大差がないような悪しき種族。

もし堕天使が本当にそれほど悪しき存在ならば、ギルドに討伐依頼があったり、大陸史にその存在が出ていたりしてもおかしくはない。そう思うのだが……どうにも、教会の資料と歴史が合致していないように思う。

ただ、資料と言ってもせいぜいここ数百年のものしか残っていない。遥か昔に堕天使が暴れ回っていたのかもしれないが、それをアリアが知る術《すべ》はなかった。

少なくとも、今の人間族にとって、天使族、いや、堕天使という生命体は完全に未知の存在だ。

確かに今のところ害はないかもしれないが、ティア＝ファーレルが暴走しないとも言い切れない。

不安要素であることには変わりなかった。

「まあでも……わからないなら、ちゃんと知るしかないわよね」

立ち上がって、ちらりと窓の外を見る。

午後の陽はまだ高く、空にはふわりと雲が浮かんでいた。

時間はまだ正午過ぎ。二度寝するには、少々もったいない天気だ。

確か、エルディたちは今日、新居の掃除をすると言っていた。

かなり汚れていたので、きっと丸一日掛けても掃除は終わらないだろう。

「差し入れでも持って行ってあげよっかな。どうせ他に遊ぶ友達もいないしね」

アリアは自嘲気味に呟くと、もう一度クローゼットの引き戸へと手を伸ばしたのだった。

＊

エルディとティアはあえて仕事を入れず、ふたりで早速新たな住居に来ていた。

購入した家は中古物件というだけでなく、街外れにあるということもあって、以前の家主もあまり手入れをしていなかった。

買ったはいいが、すぐに住める状況ではなかったのだ。

とりあえずこれまで通り街の安宿を拠点にしてギルドの仕事を請け負いつつ、休みを作って家を住める状態にしよう——これが、昨夜ティアと決めた事柄だった。

といっても、掃除やら家具の調達やらを行いつつ、周囲の生い茂った雑草を抜いていけば、数日後には暮らせるようになるだろう。

今日は一日掛けて掃除しようと腹を決めていたのだが——

「エルディ様、お掃除終わりました」

「え、はや！」

ものの三〇分もしないうちに、ティアひとりで家の掃除を終えてしまった。

そうだった。普通に自分の手で掃除することだけ考えていたから一日でも足りないと思ったが、彼女の〈浄化魔法〉を計算に入れていなかった。

しかも、思っていた以上に浄化速度が速い。

風呂場や台所周りはかなり汚れていたので時間を要すると思ったが、堕天使の前では汚れの酷さは関係なかったようだ。

「あれ……？　〈浄化魔法〉って修繕効果もあるのか？」

エルディは壁に触れて、首を傾げる。

先程傷が残っていた壁まで、すっかり新品同様になっていたのだ。

「あ、そこの傷は〈浄化魔法〉では綺麗にならなかったので、〈修繕魔法《リペア》〉で直しました」

「ああ、なるほど。それでこんなに綺麗に――って、待った」

ティアが何となしに答えたのでそのまま流しそうになったが、今さらっととんでもないことが聞こえた気がした。

「はい、何でしょう？」

「ティアは〈修繕魔法〉を使えるのか？」

「使えますけども……？」

エルディがやや驚いた様子で訊いた理由がわからなかったのか、ティアはきょとんと小首を傾げていた。

が、きょとんと小首を傾げていていい話ではない。はっきり言って驚愕の事実だ。

というのも、〈修繕魔法〉は壊れたものを元通りにする魔法で、いわば〈治癒魔法〉の道具版みたいなものなのだ。

しかし、〈治癒魔法〉よりも圧倒的に使い手がいない魔法でもある。

長らく冒険者活動をしているが、少なくともエルディはこれまで見たことがなかった。

かなり稀少な魔法であるのは間違いない。

もしかすると、こっそりと使える者はいるのかもしれないが、あえて口には出さないのだろう。

〈修繕魔法〉は壊れた武具や道具を簡単に直してしまうため、鍛冶屋の敵になるからだ。色々人間関係に支障を来す可能性も高い。

「……天使パワー、マジで半端ないな。ただ、〈修繕魔法〉のことは口外しないようにな」

「えっ、どうしてでしょう？」

「鍛冶屋とか職人みたいな、何かを直すことを生業《なりわい》にしている人から煙《けむ》たがられる魔法なんだ。最悪仕事を奪うことになるかもしれない。だから、それ使うのは家の中だけな」

「そうでしたか……ありがとうございます。気を付けますね」

ティアは少ししょんぼりしてそう言った。

自分が何となしに使った魔法が人の仕事を奪うとは思いもよらず、ショックを受けているのだろう。

これも天使と人間の差なのかもしれない。

それで言うと、〈浄化魔法〉だって掃除を生業にする者の邪魔になりかねない。

彼女の天使パワーは、やはり人前で披露するものではないな、と改めて思わされたのだった。

「そんなにへこむことじゃないさ。これから武器が壊れたらティアに直してもらえるからな。俺からしたらありがたいことこの上ないよ。俺は遠慮せずがんがん頼むから、そん時はよろしくな」

「エルディ様……！　はい、頑張りますっ」

エルディの言葉にこれでもかというくらい顔を輝かせて、ティアは頷いていた。

その笑顔に、ほっと安堵の息を吐く。

やっぱり彼女は沈んでいる顔よりも笑っているほうが似合っている。

それに、実際に武器や防具が壊れても直してもらえるというのは冒険者的には非常に助かることだった。

装備品の損傷は生死に直結するため、修繕費用は最早必要経費なのだが、その金額はバカにならない。武具が直るまでの間は依頼も受けられないし、金は飛ぶしで冒険者の悩みの種のひとつなのだ。

（修繕費用のことを考えなくていいと思うと、ちょっと良い武器を買っても問題なさそうだな）

エルディは壁に立て掛けられた剣を見て、ふと思った。

いい加減、ヨハンから渡された安物の剣から卒業したい。実際に刃毀《はこぼ》れもしてきているし、買い替える費用は貯まってきているので、次の依頼までには武具を買い揃えたいと思っていたところだ。

「それで、エルディ様。お掃除の次は何をしましょう？」

「あ、そうだったな。ごめん、忘れてた」

〈修繕魔法〉に気を取られて、大事なことを忘れていた。

今は武具の修繕よりもこの家をいち早く住めるようにするのが先決だ。

「とりあえず、ティアが家の中を綺麗にしてる間に周囲の雑草でも抜こうかなって思ってたんだけど……まだ全然進んでないんだ」

エルディは苦い笑みを浮かべて、庭先を見回した。

このあたりは全く手入れがされておらず、草は生え放題。

とりあえず抜きやすいように、と剣技を用いて先程長い草を一気に刈り取ったのだが、まだ草抜きの作業には入れていない。

というか、三〇分で掃除が全部終わるなんて思ってもいなかった。

「では、私も草抜きを手伝います！」

「天使パワーで雑草も一掃できるのか？」

エルディが冗談っぽく訊いてみると、ティアは困ったように笑って首を横に振った。

「いえ……さすがにそれはできません。雑草といえども、命あるものなので。魔法で何とかしていいものでもないと思いますし」

「まあ、それもそうか。じゃあ、地道に抜くしかないな」

「はい！」

ティアは元気よく返事をした。

たかが草抜きなのにこれほど楽しそうにできるのもちょっと羨ましいのだが、ずっと空から地上を眺めることしかできなかった彼女からすれば、こんな作業も新鮮なのかもしれない。

「手、切らないように気をつけろよ」

「それは大丈夫です。魔力で手を保護してますので」

魔力量に比例した小さな翼を背に生やし、彼女は笑顔で答えた。

(あ、手の保護《そっち》には魔法使っていいのね……)

心の中に一瞬そんなツッコミが浮かんだが、エルディは何も言わずに笑みを返すに留まった。

それから雑草抜きを始めること数時間……昼下がりに、ティアが明るい声を上げた。

「あ、エルディ様！　アリアさんですよっ」

「ん……？」

彼女が指差した方角を見ると、赤い巻き髪が特徴的な女性がこちらに向かってきていた。

「やっほー、お疲れふたりとも。ちゃんと掃除してる？」

「おお、アリアさんか。どうした？」

エルディは身体を伸ばしつつ、挨拶を返した。

アリアはギルドの制服を纏っておらず、私服姿だった。

しかも、結構お洒落な出で立ちだ。もしかして、わざわざ休日にこんな街外れまで来たのだろうか？

「どうしたって何よ？　せっかくの休日にこうしてわざわざ差し入れを持ってきてあげたっていうのに」

彼女は手もとのランチボックスをこちらに見せながら、不服そうに言った。

「休日に？　もしかしてアリアさん、暇なのか？　まあ、彼氏もいなさそうだしな」

「……このお弁当はティアちゃんが全部食べていいわよ。彼、いらないみたいだから」

「嘘ですごめんなさいわざわざありがとうございます」

ちょっとした軽口のつもりだったのだが、ヒュドラのような怒気を放たれてしまったので、すぐに平謝りをする。

全く、これだから彼氏がいない女は困る。まあ、彼氏がいれば異動願いも拒否していたのだろうけれども。

そのおかげでエルディとティアは色々助かっているのだから、むしろ感謝するところだろう。

もちろん、そんな感謝を声に出せば、アリアの怒りを買って食い扶持をなくしそうではあるが。

「もう謝っても遅いわよ。エルディくんにはあげないから」

「何だってそんな無慈悲なことができるっていうんだ。あんたの前世は魔族か何かか？」

「心の中で失礼なことを考えていそうだから、よ」

アリアが睨みつけながら言った。

完全に図星である。

もしかしてギルド受付嬢は読心術でも心得ているのだろうか？　恐ろしい。

「それにしても、何で草抜きなんてしてるの？　普通は家の中の掃除が先じゃない？」

草むしりで泥だらけになっているエルディとティアを見て、アリアが呆れたように肩を竦めた。

彼女の反応もよくわかる。

エルディ自身も今日は草むしり作業を始める予定はなかった。

「いや、家の中はもう終わってるんだ」

「え、もう？　そんなにすぐ終わる状態には思えなかったけど……」

「まあ、見てもらえばわかるよ」

ティアが「どうぞ」と家の扉を開いてみせると、アリアが訝しんだ様子で中を覗き込んだ。

そして、案の定目を見開いて、唖然としていた。

「嘘でしょ……？　昨日と全然違うじゃない。掃除したというより、新築みたいになってるし。これ、全部ティアちゃんが魔法でやったの？」

「あ、えっと……はい。このくらいなら、一時間も掛かりませんでした」

ティアは一瞬だけ答えに詰まってから、そう言った。

〈修繕魔法〉のことは言うなよ、と一瞬エルディが目配せをしたのだ。

彼女も意図を察したようで、〈修繕魔法〉については一切触れなかった。

アリアなら内緒にしなくても良いかもしれないが、彼女には既にティアが堕天使であることや、ギルド規定に反した追放を受けたことなどを伏せてもらっている。

これ以上秘密を増やして、変な気を遣わせたくなかった。

「一時間でって……あれ、掃除だけで丸一日は掛かると思ってたんだけど」

アリアが呆れたような視線をこちらに向けた。

この天使やばくないか、といった意図が多分に含まれた視線であるが、それはエルディ自身も重々承知している。

ここで〈修繕魔法〉まで使えるとなったら、もっと驚かせてしまうだろう。

「まぁ……ティアがいてくれたおかげで助かったよ。後は足りないものを新調すればすぐに住めるからな」

「何が必要なの？」

「ソファーと寝具類かな？　毛布もあれば欲しいな」

棚類や椅子・テーブルは残っていたのだが、ソファーはさすがに置いていなかった。

ベッドも一台だけあったのだが、毛布などの布類は揃っていない。このあたりは買い足さねばならないだろう。

ただ、さすがにそれら全てを一気に買えるほど余裕があるわけではない。

「まぁ、とりあえず欲しいのはそのあたりかな。ソファーさえあれば、俺はそっちで寝るし」

「どうしてエルディ様はソファーで寝るのですか？　ひとりにしては少し大きなベッドでしたの

で、ふたりで一緒に寝ればいいのではないかと思うのですが」

このド天然堕天使はとんでもないことを言う。

仮にそんなことをすれば、エルディの睡眠不足は確実だ。

彼女はポンコツ堕天使ではあるが、誰が見ても美しいと思う絶世の美少女でもある。

宿屋で同室なだけでも変な気を起こさないように必死なのに、一緒のベッドで寝たらどうなってしまうというのだ。

「いや、それはさすがに色々まずいっての」

「え？　どうしてでしょう？」

きょとんとした様子で無邪気に尋ねてくる堕天使。どうやら、本当に同衾《どうきん》の意味がわかっていないらしい。

天使として人間を幸せにする方法を学んでいたのなら、人間の男女間の事情ももっと学んでおけと思うのだが、まさか鳥だかキャベツ畑だかで赤子が生まれてくるとでも考えているのだろうか？

「え？　あなたたちって付き合ってるんじゃないの？」

エルディたちの会話を聞いて、アリアが爆弾発言をぶっ込んできた。

「いや、何でそうなるんだよ」

「そ、そうです！　エルディ様が私となんて、そんな……」

エルディだけでなく、ティアまでも慌て始める。

頬を赤らめ恥ずかしそうにしているところを見ると、どうやら男女が付き合う云々の意味は知っているらしい。

天使の恋愛知識、色々偏りがあり過ぎだろうに。だとしたら、その先のことまでしっかり教えておけと思う。一体天界ではどんな教育がされているのだ。

「だって、今も同じ部屋でずっと連泊してるんでしょ？　てっきりそういう関係なのかと思ってたんだけど」

「あー……まあ、状況だけ知ってるとそう思われるか。アリアさん、ちょっと」

エルディは手招きして少しティアから離れた場所にアリアを連れてくると、事情を説明した。

おそらくティアに男女の恋愛だとか、それ以上の契りだとかの知識が一切なさそうな気配について、である。

「え、嘘でしょ？　あの子、そこまで世間知らずなの？」

「おそらく。年頃の男女が同じベッドで寝ることの意味すら一切理解してないと思う」

「……わぁお」

エルディの説明に、さすがのアリアも引いていた。

ティアの年齢は知らないが、見た目から考えるとおそらく十代半ばから後半だろう。

だが、こういった知識がないことを踏まえると、精神年齢はもう少し低いかもしれない。

同年代なら知っていてもおかしくないはずの話を、おそらく、いや、確実にわかっていないのだから。

「じゃあ、あなたが身をもって教えてあげればいいじゃない。嫌ってわけじゃないんでしょ？」

「教えられるか！　元とは言え天使だぞ、天使。そんな不埒《ふらち》なことできるわけないだろ」

エルディの反論を訊いて、アリアはにやりと笑った。

「ああ、なるほど。要するに、チキってるんだ？」

「うぐっ」

強《あなが》ち的外れでもないことを言われてしまい、思わずエルディは口を噤んだ。

いや、彼女とどうこうなろうというつもりはもちろんない。

そんな劣情を抱くことさえも躊躇《ためら》われる高貴な存在だ。

そうは思っているものの……こちとら健全な男子。全くそういう気持ちにならないかと言えば、嘘になる。

実際に、毎晩同じ部屋で暮らしていて、たまにティアの無防備な姿を見てしまい、悶々《もんもん》とするケースも少なくなかった。

ちらりとティアのほうを見ると、彼女は相変わらず不思議そうに小首を傾げていた。

アリアが、なおも追撃してくる。

「〝マッドレンダース〟のエルディ＝メイガスが意外にも奥手だったなんてね。初耳だわ」

「いや、奥手とかじゃなくて、天使は別格だろ。どうしていいか俺もわかんないんだよ……」

「あんなに可愛くてスタイルも良いのよ？　ムラッとしないの？」

「いや、そりゃ毎晩してるけどさ……って、おい！」

酷い誘導尋問だ。

つい本音をぽろっと漏らしてしまった。

エルディの答えを聞いて、アリアは実に満足そうな、そして悪戯っぽい笑みを浮かべていた。

「天使に邪な感情を抱くなんて、罰当たりな男ね」

「いや、待て。俺は――」

「アリアさん、それは聞き捨てなりません。エルディ様は何も罰当たりことなんてしてないですよ？」

「ぎぇっ⁉」

内緒話が気になったのか、ついにティアが会話に交じってきた。

いきなり会話に入ってくるものだから、驚いて変な声が出てしまった。

「あら、そんなことないわよ？　この男ったらね～……」

「ちょっとうるさいぞ、アリアさん！」

「そんなことはありませんよ、エルディ様。ちゃんと誤解は解いておかないとダメです。神様もそう仰っていました」

ティアがやや怒ったように言う。

頼むから余計に話をややこしくしないでくれ。

今は別の誤解が生まれそうなんだ。

「ティアちゃん？　この男ったら毎晩ティアちゃんでね――」

「ぎゃあああ！　うわぁぁあ！　そ、そうだ！　とりあえず、休憩だ、休憩しよう！　せっかくアリアさんが差し入れ持って来てくれてるんだからな！　いやー、お腹空いたなぁ！」

エルディは不自然に大声で叫びながら誤魔化しつつ、何とか話を逸らした。

どうして知らない間に窮地に立たされているのだろうか。意味がわからない。

この後も悪意あるギルド受付嬢と無邪気な堕天使にしばらく翻弄されたのは言うまでもないだろう。


無益な言い争いを終えて昼食を摂っていた時、アリアが唐突に思い出したと言わんばかりに切り出す。

「そういえばエルディくん、面白い話が入ってきたわよ」

「面白い話？」

「ええ、あなたにとっても少し興味深い話だと思うわ」

「ふーん……」

アリアの話を聞き流しつつ、隣で幸せそうにフルーツサンドを食べているティアを眺める。

今はアリアとエルディしか周囲にいないので、彼女は翼をぱたぱたさせてその美味しさを表現していた。

あれは犬の尻尾みたいなものなのだろうか？

そこでアリアがこほんと咳払いをしたので、はっとして彼女に視線を向けた。

どうやら、適当に聞き流していたのがバレたらしい。

やはり読心術でも心得ているのだろうか？

「で、その話ってのは？　もったいぶらずに教えてくれよ」

エルディは片手のひらを空に向けて、首を竦めた。

「〝マッドレンダース〟から魔導師と治癒師が脱退したそうよ」

「イリーナとフラウが？　それは確かに……」

面白い、と言いそうになって、踏みとどまった。

おそらく、このタイミングで抜けたということは、ヒュドラの討伐は失敗したのだろう。

やはりエドワードとヨハンだけでは前衛が務まらなかったのだ。

「ヒュドラの討伐任務も失敗したみたい。一応死者はなし、と報告されていたわ。ただ、報告書によると、イリーナが瀕死の怪我を負ったみたいね」

「えっ……大丈夫だったんですか？」

話を横で聞いていたティアが、心配そうに訊いた。

全く自分と関係のない人を本気で心配しているあたり、彼女の人の好さが見て取れる。

「ええ、命に別状はなかったって書いてあったわ」

「それなら良かったです」

アリアの返答に、ティアはほっと安堵の息を吐いた。

エルディも口には出さなかったが、内心では彼女と同じ気持ちだ。

ヒュドラ討伐の失敗は予見できたことだった。

大方解毒薬を用意せずに挑み、フラウの魔力が尽きたところで前衛が突破されて、イリーナがその犠牲となったのだろう。

依頼失敗は自業自得だが、それでも万が一イリーナに後遺症等が残っていれば、たとえ追放された身とはいえ罪悪感を覚えてしまう。イリーナとフラウには何ら責任がないのだから。

「ヒュドラ討伐の失敗を機にふたりは〝マッドレンダース〟を脱退。別のギルドでふたりで新しいパーティーを結成したみたいね。E級パーティーからやり直すそうよ」

「E級からか。それはまた大変だな」

「まあ、前衛がいない新規パーティーだと強制的にE級にされちゃうからね。そういう決まりなのよ」

「あー、そういえばそんな規約があったな。良い前衛が入ればあいつらならすぐにB級くらいまでいけるだろ」

エルディは前衛職なのでその規約にこれまで引っ掛かったことがなく、頭から抜け落ちていた。

「あの……」

エルディとアリアが話し込んでいると、ティアがおずおずと手を上げた。

「あら、どうしたの？」

「話の腰を折ってしまってすみません。少し伺ってもいいですか？」

「ええ、どうぞ」

「私、ただエルディ様をお手伝いしているだけで冒険者のルールがいまいちわかっていなかったのですけど……ＥとかＳとかってどういう意味があるんですか？」

ティアがもっともな質問をした。

これまで当たり前に仕事を手伝ってもらっていたが、そういえばそのあたりの説明をしたことがなかった。

そもそもティアは冒険者登録を受けていないのだから、知らなくて当然だ。

ギルドの依頼はパーティーの中の誰かが冒険者登録を受けていれば受けられるので、必ずしも全員が冒険者である必要はない。

もちろん、ティアがソロで依頼を受けたいと言ったら、試験を受けて資格を取得してもらう必要はあるが、今のところ彼女にソロで仕事をさせるつもりはない。

エルディは、ティアの質問に答えた。

「簡単に言うと、ギルド側が依頼ごとに難度を定めていて、その依頼を受けられるか適性を見るためのランク付けってところかな。ランクが高ければ高いほど難度が高くて報酬も高い依頼を受けられるってわけだ」

「そういうことだったんですね。よく意味がわかっていなくて、いつも何となく聞き流してしまっていました」

エルディの説明に、ティアが納得したように頷いていた。

ちなみに、S級が最上級で、E級は最も下だ。その下に新人に与えられるF級があるが、脱新人で結成したパーティーで一番下級とされるのはE級である。

E級パーティーが請け負える仕事は安全なものが多い反面、報酬が安い。

今エルディたちが請け負っている依頼も大半はE級のものだった。ちなみに、エルディとティアのパーティー〝エルディア〟——名前は適当につけた——はC級にランク付けされているが、これはアリアが仕事を振りやすくするために便宜上設定しているだけだ。

万が一面倒な依頼が舞い込んできた時、その依頼がD級以上であったならば、E級のままのエルディたちに押し付けることができなくなる。そのため、〝エルディア〟をC級に認定しているのだ。

基本的にはE級の依頼しか受けないようにしている。

というより、ティアもいるし、今の装備であまり危険な依頼を受けたくなかった。E級あたりを細々と続けていくだけでも十分に生活はできるし、ティアの社会勉強にはそちらのほうが都合が良い。

今はこれで十分だ。

「それで、ヨハンのほうは？」

「急遽《きゅうきょ》新しいメンバーを入れて別のS級依頼を受けたみたいだけど、そこでも失敗してA級に降格したわ。納得がいかないって言って、ギルドで暴れ回ったそうよ」

「ああ……なるほど」

その光景が容易く想像できたので、エルディは苦い笑みを漏らした。

確か、S級パーティーは二度連続で依頼を失敗すると降格処分になる。ヨハンたちは見事に降格要件を満たしたのだ。

「また新しいメンバーを探してるけど、あなたがいないんじゃ難しいんじゃないかしら」

「さあな。別に、どうでもいいさ」

アリアの話を聞いても、エルディは特段何の感情も抱かなかった。

以前は出世欲みたいなものがあって、〝マッドレンダース〟で成り上がってやろうと思っていた。

だが、パーティーを追放された時点でその出世欲もさっぱりなくなってしまった。

きっと、その出世欲のために頑張り続けることに疲れてしまったのだ。ちゃんと見返りがあるならまだしも、努力の成果がパーティー追放では報われない。

（いや……頑張った見返りが、案外この堕天使だったのかもな）

隣の少女を見て、ふと思う。

何だか心配した様子でエルディを見つめる、元天使で現堕天使の少女。

彼女と過ごす日々は楽しいし、平和で穏やかだ。

少なくとも出世しようと頑張っていた頃よりも、ここ数日は随分と楽しい時間を過ごさせてもらっている。

もし彼女との出会いこそが見返りなのだとしたら、それはそれで、悪くないのかもしれない。

「そんな心配しなくてもいいよ、ティア」

何を心配しているのかわからなかったが、彼女の不安を拭ってあげたくて、自然とこんな言葉が出ていた。

「俺、あんまり過去には執着《しゅうちゃく》しない主義でさ。意外にも未練はすっぱりと断ち切れるんだ。それに……」

「それに……？」

「ティアに新しい生き方を探そうって提案したのは俺だからな。いちいち過去なんて気にしている暇はないだろ」

「エルディ様……はい！」

エルディの言葉に、ティアが嬉しそうに頷いた。

アリアはそんなふたりの様子を眺めながら、苦笑いとも微笑とも言えるような笑みを浮かべていた。

「そんなに余裕ぶっこいてていいの？　案外また誘われるかもしれないわよ？」

「誘われるって……どっちに？」

今の話の流れでは、二つのパーティーが考えられた。

イリーナたちの新しいパーティーか、〝マッドレンダース〟だ。

「さあ？　どっちも可能性はあるんじゃない？」

「まさか。さすがにないだろ」

「だといいわね」

アリアの意味ありげな笑みに、エルディは引き攣った笑みで返す。

正直、そんな面倒な事態は願い下げだった。

今はもう、このリントリムの街の郊外でのんびりと暮らしたい。

〝マッドレンダース〟の頃みたいな過激な依頼で身を削るのは御免だ。

それからの話で、家具の買い付けもアリアがやってくれることになった。

安く仕入れられる伝手がギルドにはあるらしい。特段内装に強い拘《こだわ》りはないので、それで十分だ。

もちろん、その代わりに任せたい依頼があるので、明日ギルドに来るように言われたのだが。

何だか上手いことコキ使われている気がしなくもないが、諸々頼っている立場なのでそれも仕方ない。

エルディは小さく嘆息して、アリアの提案を承諾したのだった。

＊

「おい、どういうことなんだ!?　どうして新しい魔導師と治癒師を入れたのに、僕らがまだB級パーティーなんだよ!?」

とある冒険者ギルドにて、〝マッドレンダース〟のリーダー・ヨハン＝サイモンは冒険者ギルドの受付嬢に怒声を浴びせていた。

その近くにいたヨハンの仲間――エドワード＝ホプキンスはリーダーのそんな態度に呆れ返っている。ここしばらくで何度見た光景か、もはや数える気にもなれなかった。

どこの街のギルドに行っても同じことを繰り返している気がする。

このままではそのうちギルドから出禁を食らいそうだ。

イリーナたちが脱退してA級まで落ちたパーティーランクはさらに落ちて、今〝マッドレンダース〟はB級パーティーとなっていた。

A級パーティーの依頼も失敗が続き、ギルドからB級が適切と判断されたのだ。

「エドワードふたりの時と変わっていないじゃないか！　戦力が増えたんだから、A級に上がっても文句はないだろう!?」

「そうは申されましても、ヨハン様。〝マッドレンダース〟はエルディ＝メイガス脱退以降、立て続けに依頼に失敗しています。この状態ではA級の資格があるとは認められません」

受付嬢は眼鏡をくいっと上げて、ヨハンを見据えた。

ギルド受付嬢とて荒事には慣れっこだ。文句を垂れる冒険者にも慣れているので、この程度では臆することもない。

「それに、申し上げ難いのですが……無名の魔導師と治癒師をパーティーに加えられたところで、A級相当の力があるのかギルドとしても判断が難しいところであります。まずは今の四人でB級の依頼を受けて、安定して依頼を達成できるようになりましたらA級で、というのがギルドとしての判断です」

「このわからず屋がぁッ！　いいだろう、ここで僕の実力を――」

「よさぬか、ヨハン！」

今にもギルド内で暴れ出しになったヨハンを見て、エドワードが慌てて止めに入った。

万が一暴れられてパーティーごと活動停止処分になってしまえば、それこそ食っていけなくなる。

ヨハン本人とてそれは望んでいないだろう。

「すまんな。最近上手くいっていなくて、ちょっと気が立っているんだ」

エドワードは新しく入った魔導師と治癒師に目配せをし、ヨハンを連れていくように合図する。

魔導師と治癒師は嫌そうな顔をしたが、ここでヨハンに暴れられても困るので、渋々その指示に従った。

待合エリアでヨハンの怒鳴り声が聞こえてきたが、エドワードは素知らぬふりで受付嬢と話を続けた。

「今の俺たちでも受けられそうな依頼はあるか？」

「現状の〝マッドレンダース〟ですと、このくらいの依頼が妥当《だとう》かと」

ギルド受付嬢は訝しむような視線をエドワードに送ると、何枚かの依頼書を渡した。

どれもB級パーティー向けの依頼だが、エドワードの見立てでも今の〝マッドレンダース〟の力量に合っていると思える。

いや、むしろ達成できるかどうか、ぎりぎりのラインだろう。

「よし、この依頼は全て俺たちが引き受けよう」

そう言って、そのまま依頼の手続きを行った。

報酬もあまり良くはないが、今は選《え》り好《ごの》みできる立場ではない。正直、これ以上依頼に失敗すると〝マッドレンダース〟の信用が地に落ちる。

かなりまずい状況だ。

エルディ追放以降、立て続けにイリーナとフラウも脱退した。

脱退というより、こっそり夜逃げした、というほうが相応しい。彼女らは置手紙だけを残して、夜の間に姿を消していたのだ。ただ、それも当然だな、とエドワードは思う。

イリーナはエドワードとフラウが助けていなければ、間違いなくあの場で死んでいた。

フラウの魔力がもう少し減っていたら、あるいはエドワードの回復がほんの僅かでも遅れていれば、彼女を救えなかっただろう。

そんな状況下であるにもかかわらず、ヨハンはヒュドラとの戦闘を続けようとしていたし、退却後もイリーナが目覚めるや否や、すぐにヒュドラ討伐を再開しようとしていた。

彼女たちが逃げるのも無理はない。仲間の命を軽んじるリーダーと一緒にいても、自分が死ぬだけだ。以降、新メンバーを補填《ほてん》して依頼を受けているが悉《ことごと》く失敗し、そのメンバーたちも皆抜けている。誰もヨハンを制御できないからだ。

(付く人間を間違えたか……　〝マッドレンダース〟が上手くいっていたのは、エルディ＝メイガスの力だったのだな)

エドワードはここ最近、自らを省《かえり》みるようになっていた。もともと実力には自信があったし、実際に戦士としてはエルディ＝メイガスよりも強いとは思っている。

だが、〝マッドレンダース〟の一員としてどちらが強いかとなると、また話が異なることを痛感した。

パーティーメンバーとして戦うのであれば、自分はエルディ＝メイガスには敵《かな》わない。それをここ数日で嫌というほど実感していた。

そもそも、チームワークも何も考えていないヨハンの自分勝手な攻撃に、あれだけ綺麗に合わせられているエルディが異常なのだ。

まるで未来が視えているとしか思えなかった。

こうして彼がいなくなった今だからこそよくわかるが、攻守ともにエルディが要だと言っても過言ではない。少なくとも、エドワードにはできない芸当だ。

いかにエルディが有能だったか、彼がいなくなってからエドワードは痛いほど思い知った。

自信家で高い攻撃力と派手な大技が目立つが故にヨハンの実力を評価していたが、その実エルディが裏で全てを調整し、ヨハンを引き立たせていただけなのだ。

(この魔法武具も、エルディに返したいのだがな)

エドワードは嘆息し、忌々《いまいま》しげに自らの武具を見る。

これも全てエルディから半ば強奪したものだ。できれば謝罪した上で本人に返還したい。

だが、今となってはこの武具があるからこそ〝マッドレンダース〟を抜けられなくなっている。

いわば、この武具を人質にヨハンに従わされているようなものだった。

本当であれば自分もイリーナたちのように抜け出したかった。

しかし、エドワードの脱退を、このヨハンという男はきっと許さないだろう。

エルディにやった時と同じく武器を取り上げ、おそらくギルド規定に反するような仕打ちをしてくるはずだ。

正面きっての脱退の申し出は悪手。となると、どこかで上手く逃げる必要があるが、あまりにもメンバー脱退が続いているのでヨハンの目も厳しくなっている。なかなかそのチャンスに恵まれないでいた。

「おい、受付嬢。ひとつ確認したいのだが、〝マッドレンダース〟を抜けた連中は今どうしている？」

エドワードはヨハンが近くにいないか横目で確認してから、小声で尋ねた。

「皆さん、それぞれ別の街で冒険者を続けていますよ。イリーナさんとフラウさんは一緒にパーティーを設立しているようです。どこの街を拠点にしているかまでは、守秘義務があるので言えませんが」

「いや、十分だ。ありがとう」

エドワードはそう伝えると、受付を離れた。

新しくパーティーを設立するなら何故俺も連れていかないのだ、と不満に思うが、彼女たちからすれば、エドワードもヨハンと同類だ。決して良い印象を持たれていないだろう。

「くそっ、くそっ、くそっ！　何だってこんなに上手くいかないんだ！　全部エルディが悪いに決まっている……あいつめぇぇぇぇ〜！」

パーティーの元に戻ると、ヨハンが額に血管を浮かび上がらせながら、そんなことを言っていた。

この貴族の八男坊は、全く以て自分が悪いとは思っていないらしい。

いかにも非を認めようとしない貴族らしい発想だった。

（さて……俺はいつまでこの環境に耐えられるのだろうな？）

エドワードは居心地悪そうにしている魔導師と治癒師と視線を合わせ、そんなことを考えるのだった。

五章　これからは堕天使の彼女とともに

1

「おいおい、アリアさんよぉ……」

翌朝、約束通りにギルドを訪れたエルディは渡された依頼書を見て、すぐに眉をひそめた。

「何かしら？」

「これのどこが冒険者への依頼なんだ？」

エルディが面倒な依頼書をひらひらとさせながらアリアに尋ねた。

この依頼を受ければソファーや寝具の買い付けを全てやってくれて、今日からでもあの家に住めるようにしてくれると言って手渡された依頼書。

ただ、その内容が問題だ。とてもではないが、冒険者がやることではない。

「あら。冒険者ギルドに依頼があって、冒険者ギルドとして受理しているから、立派な冒険者の仕事よ？」

「確かにその通りなんだけどさ！　何だよペット捜しって！　これのどこが立派な冒険者の仕事な

んだ!?」

エルディは声を荒らげてアリアに文句を垂れた。

そう、今回彼女がエルディというお得意様——ただ弱味をたくさん握られて断れないだけだが——に託した依頼とは、『ペットの犬捜し』だった。

依頼内容は、飼っているペットの犬がいなくなったので、捜してほしいというもの。

犬の見た目については、資料を添付しておく。リントリムの街のどこかにはいると思うので捜してほしい、と書かれていた。

それに、自分のペットの絵が添付されているだけで、簡素にもほどがある依頼だ。

そして、依頼内容に即して報酬も安い。

「アホか！　ペット捜しなんか自分でやれよ！」

「それができないからこうしてギルドに依頼してきてるんじゃないの」

「じゃあ何でそれを俺にやらせるんだ？」

「そんなの……他の冒険者がやりたがらないからに決まってるじゃない」

後半、アリアの声はかなり小さくなっていたが、しっかり聞こえている。

それはそうだろう。冒険者は基本的に何でも屋だが、身体ひとつで稼ぎたい人間が集まっている。

皆それだけ単価が高い依頼を受けたがるし、報酬が激安な犬捜しの依頼など誰もやりたがらないのだ。

「ま、まあまあエルディ様。ワンちゃんを捜すのも、大事なお仕事ですよ？　困っている人がいるのは事実なんですし」

見かねたのか、一向に話が進まないからかはわからないが、ティアが仲裁に入ってきた。

実際に彼女の言うことも一理ある。

依頼が出されたのは一昨日《おととい》の朝のようだし、既に犬が迷子になってから丸二日も経っている。

飼い主が心配するのも無理はなかった。

「ほら、ティアちゃんの言う通りよ！　さすがエルディの恋人！　ちゃんと手綱《たづな》を引いてて偉いわね」

「こ、恋人だなんて、そんな……」

ポッと顔を赤らめながらテレテレし出す堕天使さん。

いやいや、何でティアはティアで顔を赤らめてるんだ。しっかり否定すべきところだろうに。

それに、手綱を握られているという言い方も気に入らない。むしろいきなり羽をばっさばっさとしないように手綱を握っているのはエルディのほうだ。

「アリアさんもこう仰っていますし、犬捜し、してみませんか？」

その恥ずかしそうな表情のまま、ティアはエルディにそう提案した。

彼女にそんなお願いをされて、断れるはずがない。

エルディは彼女のお願いにめっぽう弱いのだ。

嘆息しつつも「わかったよ」と答えると、堕天使の少女は嬉しそうに顔を綻ばせたのだった。

その笑顔が可愛くて思わず胸がどきっとしてしまい、そっと彼女から視線を逸らす。

「じゃあ、契約成立ってことで！　犬捜し、任せたわね！」

アリアはそんなふたりの様子を見るや否や、嬉々として依頼書に判を押して資料を渡した。

とても楽しげに笑っている。

（ちくしょう、アリアさんめ。昨日ティアと結構話して、扱い方を覚えやがったな……）

ティアの扱い方というより、ティアを用いたエルディの扱い方を覚えた、というところが余計に腹立たしい。

おそらくふたりのやり取りを見ていて、基本的にエルディが彼女のお願いを断れないというのをしっかりと見抜いたのだろう。迂闊《うかつ》だった。

（まあ……そもそも融資を受けてる立場だし、犬捜しだろうが魔王退治だろうが頼まれたらやるしかないんだけどさ）

それでも、さすがにちょっと冒険者的には抗《あらが》いたかった。

だって、犬捜しだし。全然冒険者の仕事ではないし。そもそも冒険でさえないし。

「ちなみに、どんなワンちゃんなのでしょう？」

「えっと……こんな感じ」

アリアから渡された資料をティアに見せると、彼女は「わぁっ」と顔を輝かせた。

「変わったワンちゃんですね。可愛いです」

「まあ……可愛い、のか？」

エルディはもう一度絵を見て、首を傾げる。

垂れ耳で胴長短足の、ちょっと変わった茶色い犬だった。確かに顔は愛玩《あいがん》動物っぽいけども、外見からしてとてもか弱そうな犬種だ。

自然界では生きていけそうにないので、早く見つけてやったほうがいいのかもしれない。

「サイズは小型犬なんだよな？」

「依頼主からはそう聞いてるわ」

アリアがこくりと頷いた。

「はあ……このでっかい街の中をちっこい犬っころのために駆け回るのかよ」

想像しただけでげんなりする。

リントリムの広さは、ここ数日の間に十分身に染みている。城壁の外に出られたら完全にお手上げ、そうでなかったとしても見つけられる気がしなかった。

「まあまあ。今日の夕方には昨日言ってた家具とか諸々揃えておくから、頑張って」

アリアがこちらに向けて片目を瞑ってみせた。

頑張って探して見つかるものでもないと思うのだが、どのみち受けてしまったのだからやるしかない。

依頼放棄や失敗はパーティーの信用にも関わるから、何とかして達成しなければならなかった。

それに、家具やらが今日中に揃うのなら、今晩からマイホームで暮らせる。

「頑張って見つけましょうねっ、エルディ様」

エルディのそんな心情を察したのか、隣でティアが優しく微笑み掛けた。

エルディは肩を竦めつつも、彼女に笑みを返す。

彼女がやる気になっているのなら、しっかりせねば。この少女を喜ばせることも、エルディにとっては大切なことなのだから。


迷子犬の捜索を始めてから、二時間——ペットの絵をもとにふたりで街中を捜し回ってみたが、全く見つかる気配がなかった。

「見つかりませんねー……」

「手掛かりすらないな」

ティアと顔を見合わせ、エルディは溜め息を吐いた。

依頼を受けてから、ふたりで街中を歩いて迷小犬を捜し回った。

特徴的な犬だから目撃情報くらいあるかと思ったが、それすらなかったのだ。

ただ、それもそうかと思う。仮にエルディが普通に街中を歩いていても、犬に視線がいくことは滅多にない。

踏んでしまいそうになったり、足に当たったりしたら別だろうけども、そうでもない限り足元の、それも小型犬になんか目がいかないだろう。

それに、仮に気付いた者が数名いたとしても、この広大なリントリムで、エルディたちがその人たちと出会える可能性はかなり低かった。

「エルディ様」

「ん？」

「ちょっと提案があるのですが……」

ティアがおずおずと手を挙げた。言ってもいいか迷っている、という様子だ。

「空を飛んで上空から捜す、はナシだぞ」

「わ、わかってますわかってます。そうじゃありません」

エルディが訝しげにしていると、ティアは両手と首をぶんぶん振って否定した。

よかった。さすがに街中でばっさばっさと羽ばたかれると、さしものエルディとて言い訳が思いつかない。大声で誤魔化せる問題でもないだろうし。

「今までは大人の方ばかりに訊いて回っていましたが、対象を小さな子供にしてみてはいかがでしょうか？」

ティアから予想外の提案が上がってきた。

少なくともエルディにはない発想だ。

「子供に？　何でまた」

「大人の方はお仕事がありますし、特に今の時間帯は忙しくしているかと思います。きっとエルディ様の言う通り、踏みそうになったりだとかぶつかりそうになったりだとか、そういった何か特別なことがないと記憶には残りません。でも、子供はそうではないと思っていて……」

「どうして子供だと記憶に残るんだ？」

「まず、子供は私たちよりも目線が低いので、小型犬でも視界に入りやすいです。それに、可愛いワンちゃんがいれば、遊んだり触ったりしてしまうこともあるのではないでしょうか？」

なるほど、と思う。ティアの着眼点に感心した瞬間だった。

彼女の分析は間違っていない。

子供の情報などあてにならないという思い込みが先行し、エルディならば選択肢にさえ浮かばないのだが、迷子犬捜しであれば話は別だ。

それに、大人は自分の興味を引くようなことでもなければなかなか目が向かないが、好奇心旺盛な子供は大人の視点にないものまで見ている。もしかすると、ティアの言う通り、犬と遊んだりちょっかいを出したりしている子供がいてもおかしくはない。

「ティア、もしかするとお手柄かもしれないぞ。子供に訊いて回ろう」

「はい！」

自分が役に立てて嬉しかったからか、ティアが元気に返事をした。

それから対象年齢を下げて、再度聞き込みを開始する。

子供たちに対しては、エルディよりもティアのほうが圧倒的に情報を引き出す力に長《た》けていた。

彼女のおっとりとした雰囲気はそれだけで子供の警戒心を解くし、何ならすぐに仲良くなっている。

もしかすると、彼女の無垢《むく》な姿は子供たちと近いものがあるので、仲間意識を持たれているのかもしれない。子供たちが集まる遊び場などを教えてもらったり友達を紹介してくれたりするので、調査対象には困らなかった。

そうして、子供たちの伝手を辿って調べること数時間……そろそろ空が赤くなってきた頃合いに、動きがあった。

「この胴長短足犬なら、少し前まで遊んでたよ？」

依頼主から渡された資料を子供に見せた時、ようやく目撃情報が手に入ったのだ。

「本当ですか⁉　どちらにいらっしゃるのでしょうか⁉」

ティアが早速目を輝かせて、ずいっと子供に詰め寄っている。

彼女は子供と視線を合わせるために屈んでいたので、鼻先すれすれまで顔が近付いていた。

その距離感に、子供のほうが少しびっくりしている。

「キュンキュン寂しそうに鳴いてたから、ご飯でも欲しいのかなぁと思って食べ物を探しにちょっと離れたんだけど、その隙にいなくなっちゃって。僕が気付いた時には、あっちのほうに行っちゃってたんだ」

「あっち……？」

子供が指さした方角に目を向けてから、エルディとティアは顔を見合わせる。その先にあったのは、リントリム街の城門だったのだ。

「犬は街の外に出ていったのか？」

エルディは険《けわ》しい表情で訊いた。さすがにそれはまずい。

城壁の中だけでも捜すのが困難なのに、外に出られてしまうと、それこそ途方もない範囲を捜すことになる。

小型犬の足だからそう遠くまではいけないだろうが、それでも人間よりは歩き続ける体力もあるだろうし、移動先も予測できない。きっと人間のように街道を歩くわけでもないだろう。

それに、日暮れの刻というのもまずかった。

夜は魔物が活発になる時間帯だ。城壁内にいれば魔物の心配もないが、外に出たとなると、小型犬など簡単に食べられてしまう。

正直なところ、小犬の捜索はかなり難航した。いや、絶望的な状況だ。

「うん。門兵《もんぺい》の人たちも小さかったから気付かなかったみたいで。外に出られたら僕も追い掛けられないし……」

「……わかりました。ありがとうございます」

ティアは子供に丁寧にお辞儀をしてから立ち上がると、真剣な面持ちでエルディのほうを見て頷いた。

エルディも彼女に対して頷き返す。もちろん、捜しに行くぞ、という意味も込めて。

なるべく急いだほうが良さそうだ。日が暮れるまでには何とか見つけたい。

「あ、待ってお姉ちゃん」

門のほうへと歩を進めた時だった。

子供がティアを呼び止めて、手に持っていたものを差し出した。

「何でしょう？」

「これ、持っていって」

「干し肉、ですか？」

ティアは子供から干し肉を受け取ると、小首を傾げた。

「うん。犬見つけたら、これ食べさせてあげて。あげようと思ってお父さんのやつくすねてきたんだけど、その間にいなくなっちゃったから。きっと、お腹空かせてるだろうし」

その子供の優しさに、ティアは一瞬だけ胸を痛めたような顔をした。

小犬が街の外に出たとなると、連れ帰れる可能性は極めて低い。

見つけられる保証などもはやないし、そもそも生きているかさえ怪しかった。

もう殺されてしまっている可能性もティアの脳裏に過ったのだろう。

だが、彼女はすぐにいつもの嫣然《えんぜん》とした笑みを浮かべ、自らの決意もかねて子供にこう伝えたのだった。

「……ありがとうございます。絶対に、お届けしますね」

門の外に出てみたものの、もちろんお目当ての小犬の姿はない。

悠然と広がる草原に、エルディは半ば絶望感を抱いていた。

野犬や魔物ならいくらでも見つけられるだろうが、この広大な草原から小型犬なんてどう捜せばいいのか見当もつかなかった。

闇雲に捜しても徒労《とろう》に終わるのは目に見えているが、闇雲に捜す以外に方法が思いつかない。

(日没まであとどれくらいだ？　のんびり考えている余裕はないぞ)

エルディは沈みゆく太陽を横目に、舌打ちをした。何とか日が暮れるまでに見つけ出さないと、手遅れになる。

小型の飼い犬が、一晩街の外をほっつき歩いていて生き残れる可能性はほぼゼロだ。

運よく街道をずっと歩き続けてくれていれば魔物に襲われない可能性もあるが、犬が道という概念を理解しているかどうかは怪しい。それに、街道でも夜になれば魔物と遭遇する時もある。どのみち、かなり危ないことには変わりなかった。

「エルディ様」

「うん？」

「魔法を使っても構いませんか？　翼は出てしまいますが、少しの間だけですから」

ティアがエルディに提案する。

表情から見ても、彼女もエルディと同じ焦燥感《しょうそう》を抱いていることは明らかだ。

「何か策があるのか？」

「〈探知魔法《ディテクション》〉を使います」

「使えるのか！　でかしたぞ、ティア」

エルディは拳をぐっと握る。〈探知魔法〉が使えるなら、見つけられる可能性も格段に上がる。

〈探知魔法〉とは、主に索敵を行う際に使う、特定の対象を見つけられる魔法だ。探索や物を探すだけでなく生命反応まで探知できるので、エルディも幾度となく救われてきた。拠点攻略などでは欠かせない。

「範囲が広いけど、見つけられそうか？」

「ワンちゃんがどこまで行っているかにもよりますが、このあたりにいれば大丈夫だと思います。ただ……」

そこで、ティアが言い淀む。言っていいのか迷っている、という様子だ。

「ただ？」

「この魔法は生命反応そのものを探知してしまいますから、仮に探知できたとしてもそれがワンちゃんだという確信までは得られません」

「最悪、魔物の可能性もあるってことか」

「はい……」

聞いてみたところ、〈探知魔法〉で探知できる生命反応は、ある程度の大きさの物であれば可能だそうだ。小さな虫などは難しいが、小犬なら可能だろうとのことだった。

身体の大きさも何となくわかるらしいので、明らかに大きい生き物を避ければ見つけられる可能性はある。

だが一方で、生命反応の大きさ以外では判別ができない。大きさが小型犬と同じくらいであれば、それが犬か魔物か、はたまた別の動物かの判別は難しいそうだ。

だが、選択肢があるだけで十分だ。闇雲に捜すより随分と手間が省けるだろう。

「ティア、〈探知魔法〉を頼む。幸い今は周りに人はいないしな。翼が見えても問題ないだろ」

エルディは念のため周囲を見てから言った。

日没が近付いて暗くなっているので、人影もない。魔法を使うなら、今がチャンスだ。

「わかりました。では……」

ティアは目を閉じ、小さい声で唱えた。

「我に示せ……〈探知魔法〉」

それから、すっと森の方角を指差す。

「あっちに小さな生命反応がありました。大きさも犬くらいです」

「お、やったか！」

さすがだ、と言おうと思ってティアを見るが、彼女の顔は浮かない。目を閉じたまま難しい顔をして、まだ〈探知魔法〉を続けていた。

「どうした？」

「いえ……それが、生命反応がひとつだけではなくて。他にも五つほどあります」

「他に似たような大きさの生命反応は近くにあるのか？」

「いえ、この近くには他に同じくらいの大きさの生命反応は――あっ！」

彼女が目を閉じたまま、何かに驚いたような反応を見せた。

どうした、と訊くまでもなく、彼女は言葉を紡いだ。

「さっきの生命反応ですが、動きがありました。先頭に小さな反応があって……人間くらいの大きさの反応が五つほど、その後に続いていています」

「別の生命反応が五つ？　集団で移動してるのか？」

「……だと思います」

ティアの返答を聞いて、エルディは眉間に皺を寄せた。

他にも反応があるならば、迷子犬の可能性は低そうだ。夕暮れ時の森にある生命反応など、魔物か、はたまた魔物を狩っている冒険者くらいだろう。

しかし、ティアは複雑な表情のまま、小さく首を傾げている。

「何か気になるのか？」

「いえ、移動にしては少し速い気がして……」

そこで、彼女は何かに気付いた様子ではっとして目を瞠ると、こちらを見た。

森の中にある犬くらいの小さな生命反応、それに続く五つの人間ほどの大きな生命反応、そして通常より速い移動速度……これらを組み合わせると、ひとつの推測が成り立つ。

小さな生命反応が何者かに追われているのだ。その生命反応が目当ての迷子犬だった場合、かなり危険な状況だといえるだろう。

「これって、追い掛けられてるんじゃないですか!?」

「俺も同じことを思った。急ごう」

「はい！」

ティアは頷き、先に駆け出した。

エルディには正確な場所がわからないので、先導は彼女に任せるしかない。

エルディは安物の剣を鞘から抜いて、彼女に続いた。

(この剣で通用する程度の相手だったらいいんだけどな……最悪、小犬だけ助けて逃げるか。クソ、この俺が魔物から逃げることを考えなきゃいけないなんてな)

家よりも先に剣を買えばよかったと思ったが、後悔したところで後の祭りである。これを機に買い替えよう。

そんなことを考えながら、エルディはティアの後に続いて森に入った。

森は草原よりも棲んでいる魔物の数も当然多く、強い魔物の出現率も高い。ナマクラ剣で貫けない敵であればティアの天使パワーに任せる以外ないが、それも少し癪《しゃく》だ。剣士なのだから、なるべく倒せる敵は自分で倒したい。

森の中に入ってから少し走った時だった。奥のほうから、僅かながらにキャンキャンと吠える声が聞こえてきた。

「小犬の鳴き声……！　よし、当たりだ！」

「エルディ様、私、先に行きます！」

「あ、おい――」

エルディが呼び止める前に、ティアは背中から一対の黒い翼を羽ばたかせ、びゅんびゅんと木々の間をすり抜けて行く。

「だから、速いっての……ヤバい魔物だったらどうすんだよ」

エルディは小さく溜め息を吐くが、気持ちを切り替えて両足に力を籠める。

仮に手に負えない魔物が相手だったとしても、ティアの性格上小犬を助けようとするだろう。

五つの生命反応が人間だった場合は非常にまずいが、人間が夕暮れ時に小犬を追い掛けて危険な森の中に入るとは考えにくい。魔物から追われていると考えるのが妥当だ。

それから走ること数分、森の奥にティアの姿が見えてきた。

彼女は立ちはだかる五体の影から、何かを守るように立ちはだかっていた。片手で胴長短足の小型犬を抱えている。依頼書に添付された資料の犬とそっくりだ。目的の小犬は保護できたようだ。

「エルディ様！」

「ティア、無事か！」

エルディは走る速度を変えず、奥のティアに向けて叫んだ。

「はい。今のところは、ですが……」

そう言って、彼女は周囲の人影に視線を送った。

エルディの目にもようやく敵の姿が映る。

(なるほど……狼人《ワーウルフ》か)

小犬と一緒に感知した五つの生命反応は、人型の魔物・狼人だった。狼がそのまま二足歩行をしたような魔物であり、手当たり次第何でも食らう凶暴性を持っている。

どうやら、小犬はこいつらに運悪く見つかり、追われていたらしい。

ただ、狼人程度が相手ならば、このナマクラ剣でも十分に戦える。ある意味ラッキーだった。

ちょうど五体の狼人はティアとエルディの間におり、挟撃《きょうげき》できる形になっている。

だが、彼女は小犬を抱いたままなので、あまり戦わせたくない。エルディひとりで相手をしたほうがよさそうだ。

ティアも同じ考えでいるのだろう。敵の動きを窺いながら、犬を抱えていないほうの手に魔力を蓄えながらじっとしている。自分から仕掛けないようにしつつ、敵が少しでも向かってくれば応戦できる体勢でエルディの到着を待っていたのだ。

だが、ティアのほうに五体の敵が集まっている。五体同時に襲い掛かられたら、一撃くらいは攻撃を受けてしまうかもしれない。あのままあそこにいるのは危険だ。

（よし……これでいくか。ティア、気付けよ）

作戦を頭の中で考えて、ティアに目配せしてから、ちらっとだけ上を見た。

ティアもエルディの目配せの意図に気付くと、こくりと頷いた。

（いくぞ。いっせーの……）

エルディは口だけ動かして合図すると――

「飛べ！」

そう叫びながら、狼人たちの中に飛び込んでいく。

ティアはエルディの指示を聞くや否や、咄嗟に翼を羽ばたかせて木の上まで飛んだ。

実に良い連携だった。ここ最近毎日一緒にいるからか、ティアとはこうした意思疎通ができるようになってきた。エルディも存分に自らの力を発揮できる。

「まとめて――逝《い》っちまいな！」

エルディは狼人たちのど真ん中に入ると、くるりと回って剣を一周させた。

蛇のような軌道が一瞬だけ煌めき、次の瞬間には五体の狼人の首が胴体から別れを告げていた。

エルディの必殺剣のひとつ・回蛇斬《かいだざん》である。周囲を敵に囲まれた際に一網打尽《いちもうだじん》にできる、敵を引き付ける役回りが多かったエルディが編み出した技のひとつだ。

「エルディ様！」

ティアが黒い翼を羽ばたかせ、ふわりとエルディの前に舞い降りた。

彼女の胸の中には大切そうに抱きかかえられた小型犬がいる。

危機から救われた自覚があるのか、小犬も心なしか安堵しているかのように見えた。

「怪我はないか？」

「はい、私もワンちゃんも無事です。エルディ様もお怪我はありませんか？」

「俺が狼人ごときに手こずるわけがないだろ」

「そうでした」

失礼しました、と言わんばかりに彼女はぺろっと可愛く舌を出して見せた。

狼人は獣人系の中でも比較的弱い部類の魔物だ。獣人系故に高いスタミナを誇るが、動きもそれほど速くないので、きっと小型犬でも何とか逃げ切れていたのだろう。

これが二足歩行ではなく四足歩行の獣系の魔物であれば、きっとすぐに追いつかれてしまっていたはずだ。そういった意味で、この犬もツイていた。

「ったく……何でまた街の外なんかに出ちまったんだか。外が危険なことくらい、動物の本能でわかんなかったのか？」

エルディが呆れつつ犬の頭を撫でてやると、ハッハッと荒い息遣いのままぺろぺろと手を舐《な》めてくる。

くすぐったいが、何となくお礼を言われている気にならなくもない。

「呑気なもんだ。俺らが気付いてなかったら食われてたのに」

「いいじゃないですか。無事だったんですから。ねー？」

ティアは犬を正面から向かい合う形で抱っこし、その黒い鼻先に自分の鼻を当てていた。

犬はお返しだと言わんばかりにぺろぺろと彼女の鼻先を舐めている。

「ふふっ、可愛い……すぐに飼い主さんのところに送ってあげますから、もう少しだけ辛抱してくださいね？」

ティアはぎゅっと犬を抱き締めて、顔を綻ばせた。

教会に行けばこんな感じの宗教絵画がありそうだと思うくらい、美しい光景だ。

ただ、そこでのんびりしているわけにもいかない。

エルディたちはギルドに報告するため、すぐに街へと戻った。

日没後の森は凶暴な魔物と出くわす可能性もある。用がないならさっさと立ち去るに越したことはないのだ。

帰る途中で干し肉をもらっていたことを思い出し、ティアが食べさせようとしたのだが、犬はくんくんと肉の匂いを嗅《か》いだだけで食べようとはしなかった。

もしかしたら、知らない人からもらったものを食べないように躾《しつけ》られているのだろうか？　犬なんて食い気しかないと思っていたから、意外だった。

それなら飼い主にこの干し肉を渡して、飼い主から食べさせてやれば解決だ——そう思っていたのだが、そうは問屋《とんや》が卸《おろ》さなかった。

その後に新たな問題が発生したのである。

「よ、アリアさん。苦労したけど、ようやっと見つけられたよ。全く、迷子犬捜しにしちゃハード過ぎだ。この報酬じゃ割に合わなかったぞ」

ギルドに戻るや否やアリアに犬を見せてぼやいたところ、彼女はとても気まずそうにエルディたちを見た。

「……どうした？」

「えっとね……怒らないで聞いてほしいんだけど、まずはこれを見てもらえる？」

アリアはおずおずと一枚の手紙をエルディたちに差し出した。

手紙は飼い主からの伝言……いや、元飼い主からの伝言だった。

内容は簡潔で、仕事でリントリムを離れることになったから犬が飼えなくなってしまった、犬の面倒をそっちで見るか、見れないのなら飼ってくれる人を探してほしい。もし犬を見つけられなかったら依頼は破棄してもらっても構わない、とのことだった。

ご丁寧に、犬捜しの分とは別の依頼料も同封されていたらしい。

「アリアさん……これ、郵送で送られてきたのか？」

エルディはひとつの可能性に思い至り、アリアに訊いた。

この内容から真意を読み取るのはさほど難しくない。

「ええ。あなたたちが依頼を受けたすぐ後くらいかしら。こういう依頼の出し方はやめてほしいんだけどね……でも、本人がいないんじゃ拒否もできないし、受理するしかないのよね」

手紙の送り元は、隣町になっている。リントリムを出てから送ったことは明白だった。

「ちょっと……ちょっと待ってくださいッ」

エルディとアリアのやり取りを聞いていたティアが愕然とした様子で言った。

そして、自らひとつの結論に辿り着き、それを口にする。

「この子、もしかして……捨てられたってことですか⁉」

ティアの声は震えていた。信じられない、というような表情を浮かべている。

もちろん、手紙にはそうは書いていない。だが、そうとしか捉えようがなかった。

ちょうど犬が見つかっていそうなタイミングで、この手紙とともに新たな依頼と報酬が送られてきたのだ。こちらがそう邪推《じゃすい》してしまうのも無理はない。

「真相はわからないわ。私たちはあくまでもギルド。依頼を受理して、冒険者に仲介するだけだもの。そこまで個人的なことには踏み込めないのよ」

アリアは残念そうに首を横に振った。

だが、その表情からは同じ結論に行き着いているのは明らかだ。

ティアに抱えられた犬が、首を伸ばしてエルディが持つ手紙の匂いを嗅いでから、寂しそうにキュンキュンと鳴いて、エルディを見上げた。

その様子を見て、エルディとティアははっと顔を見合わせた。

この犬がどうして街の外に出たのか、その理由がわかった気がしたのだ。

迷子になったのではなく、ずっと飼い主を捜して街の中を彷徨《さまよ》って……それで、飼い主の匂いを辿っているうちに、街の外に出てしまった。自らの嗅覚を頼りに、街を出た飼い主を追い掛けようとしていたのかもしれない。

「そんなの……そんなの、酷過ぎます！」

ティアが珍しく声を荒らげた。

「この子は、捜していたのに！　大好きなご主人様をずっと捜していたのに……ッ！　どうして置いていってしまうんですか⁉　どうして一緒に連れていってあげないんですか⁉」

アリアに詰め寄らん勢いで、ティアは怒鳴った。その瞳には大粒の涙を溜めていて、今にも零れ落ちそうだ。

彼女の大きな声も、怒気を孕んだ声も、初めて聞いた。

温厚な天使……いや、堕天使の彼女でも、許せないことがあるのだ。

「落ち着け、ティア。アリアに怒っても仕方ないだろ。それに、もしかしたら……捨てたんじゃなくて、別の事情があったのかもしれない」

エルディはティアの肩を撫でながら宥めた。

本人が手紙しか寄越していないのだから、その内容が全てだ。捨てたのかもしれないし、どうしても連れていけないから引き取り手を探していたのかもしれない。あるいは出発の寸前までもらい手を探していたけれど、結局見つけられなくて、奥の手としてギルドに依頼を出したのかもしれない。

真相はアリアの言う通り、わからない。

でも、そうであってほしいなと思うのもエルディたちの自由なはずだ。

「でも、でも……ッ！」

ティアは納得できないのか、子供みたいな駄々《だだ》をこねていた。

その気持ちもまた、エルディにはわかる気がした。

彼女はこれまで、人間の汚い部分を知らずに生活していた。

ティアは愛嬌があるし、誰からも愛されるような人懐っこい性格をしている。ここリントリムでも、彼女は色々な人から優しくされていた。

人間の穏やかで明るい部分しか見ていなかったのだ。

だから、知らなかった。人間がいかに自分勝手で、自分のためだったら他者を不幸にしてしまうような醜さを併せ持つことを。今回初めてその側面を目の当たりにしたのである。

「そんなの……あんまりです！　この子が、可哀想じゃないですかぁ……ッ」

ティアは大粒の涙を流してぎゅっと犬を抱き締めながら、エルディの肩に自らの額を預けた。

犬は寂しそうに弱々しく鳴いて、彼女の涙をぺろっと舐める。それでもティアの涙は止まらない。

もしかすると、彼女はこの見捨てられた犬に自分を重ねているのかもしれない。天界から見捨てられた自分自身と。どれだけ願っても、もうそこには帰れないことも含めて。

「大丈夫……大丈夫だよ、ティア」

そんなティアを見ていられなくて、エルディはこんな言葉を投げ掛ける。

「そいつは寂しくない。だって……これからは俺たちと一緒なんだから」

そして、犬ごとそっと彼女を抱き寄せる。それは、エルディの決意でもあった。

「エルディ様……？」

ティアは驚いてこちらを見上げた。

見上げた拍子にまた涙がぽろっと頬を伝っている。

「ああ。こいつも一緒に連れて帰ってやればいい。元の飼い主と一緒にいるより、俺たちと一緒にいるほうが楽しいってこいつが思えたなら、それで問題ないだろ？」

「……はいっ。エルディ様、ありがとうございますぅ……ッ」

ティアはまた涙を流しながら頷くと、エルディの胸に飛び込んだ。

その拍子に犬が苦しそうに呻いたので、ティアが「ごめんなさい！」と慌てて謝って離れていた。

まだその頬には涙が伝っていて、でもさっきとは異なるとても嬉しそうな涙で。彼女は落涙しながらもとても幸せそうな笑顔を浮かべて、犬とまた鼻同士をくっつけていた。

パーティーから追放された者、天界から追放された者、家族から追放された者……そこには人間も天使も犬もない。追放された者同士皆仲良く、だ。ひとりだと寂しいかもしれないが、そんな連中が集まればきっと寂しくない。

「……アリアさん。この犬絡みの依頼はふたつとも俺たちが請け負って、俺たちが完了した。それでいいだろ？」

犬をまたぎゅーっと抱き締めて幸せそうにしているティアを横目に、エルディはアリアに言った。

彼女も莞爾《かんじ》として笑い、「もちろんよ」と頷いた。

その後は依頼完了の手続きを行った。

犬を抱っこしているティアには待合エリアに行くように伝えてある。

二件分の依頼の受理と達成報告、そして報酬の受け渡しがあるので、少し時間が掛かるからだ——というのは口実で、先程のやり取りが何となく気恥ずかしかったから、というのが本音だった。

「まさか、エルディくんが犬好きだったなんてね？」

報酬の受け渡しが終わると、アリアは悪戯っぽくそう言った。

「別に……そういうわけじゃないさ。手っ取り早く依頼が片付いて、依頼二件分の報酬ももらえる。一番合理的なんだよ」

「強がっちゃって。全部ティアちゃんのためなんでしょ」

「うるさいな」

エルディは恥ずかしさに耐えかねて、彼女から視線を逸らした。そして、嬉しそうに犬とじゃれ合っているティアを遠巻きに見つめる。

ティアは待合エリアで今も犬とじゃれ合っていた。むしろ犬よりも彼女のほうが喜んでいそうだが、犬のほうも尻尾を振っているので、きっとどっちもどっちなのだろう。

その様子を見て、自らの判断は間違っていないと思えた。ティアも犬も、きっと一緒にいるのがいい。元に戻るのは叶わなくても、そこにいた頃より今が幸せだと思えればいいだけなのだから。

「俺は……合理的に判断を下しただけだよ」

でも、何となくそんな自分の気持ちを他人には悟られたくなくて、エルディはつい強がってしまう。そんなエルディに対して、アリアは呆れたように笑って、こう返したのだった。

「そういうことにしといてあげるわ。お優しい剣士さん」

2

ギルドで報酬の精算を終えると、エルディはティア、そして犬とともに、新居へと向かった。

家具商人が用意してくれた馬車には、ソファー、ベッドで使う毛布一式、カーテン、木製の食器類、調理器具、それから数日分の食料、ついでに犬用の小さなベッドもある。

さすがにこれを自力で全部運ぶのは限界があるので――天使パワーを用いれば別かもしれないが――アリアに家具職人を手配してもらえて本当によかった。大助かりである。

ただ、もう日が暮れてしまっているので、今夜引っ越し作業に取り掛かるのは難しそうだ。

最低限の家具だけ設置して、残りは明日に回してしまおう。

ざっくりと予定を頭の中で考えつつ、ティアが抱っこしている犬の頭を撫でてやる。

今ではこの犬も誰が新たな飼い主なのかわかっているようで、ティアにすっかり懐いていた。ご主人捜しで歩き回って疲れていたせいか、今はすやすやと彼女の胸の中で気持ち良さそうに眠っている。

ティアも疲れているのか、こくりこくりと舟を漕《こ》いでいた。それでも犬だけは決して放さず、しっかり抱きかかえている。

ひとりと一匹の寝顔を眺めつつ、馬車に揺られることおよそ一時間。

馬車は無事、エルディたちの新居へ辿り着いた。

家具商人は親切にも家具の設置を手伝おうとしてくれたのだが、もう暗くなっていたことを理由に、荷下ろしだけしてもらって早々に帰ってもらった。

遅い時間まで手伝ってもらうのは悪いという気持ちもあったが、もちろんそれだけが理由ではない。

「ティア、ソファーの位置もうちょっとこっちに移動できるか？」

「はいっ」

ティアの返事とともに、すす す……と音をほとんど立てずに三人掛け用のソファーが床の上を移動していく。

そう、家具の設置に彼女の天使パワーを使う必要があったからだ。

天使パワー……即ちティアが魔力を使う際には、黒翼が否応なしに出てしまう。今も彼女の背中には魔力量に比例して小さな翼が出ていた。とてもではないが家具商人に見せられるものではない。

「お、いい感じになったな。ソファーはここで良さそうだ」

「素敵なお部屋になりましたね！」

ソファーが入ったことで、棚やテーブルの位置などのレイアウトを整え直す必要があったので、他も全て移動させた。

もちろん、全部ティアの魔法で、だ。エルディひとりだったら間違いなくソファーを無理矢理突っ込んで終わっていたところだったが、彼女の魔力は家具程度ならば簡単に持ち上げてしまう。便利なものだった。

その間、急遽新たな家族となった茶色い胴長短足犬はというと、不思議そうに部屋の隅々をくんくんと嗅いで歩き回っていた。

「あ、忘れてたな。ほら、ここがお前のベッドだぞ」

家具商人から買った犬用のベッドをリビングの隅っこに置いて、小犬を手招きする。

何となく言葉が伝わるのか、犬はベッドの臭いを嗅いでから、するっとその中に入って座った。

何だか満足げな顔でこちらを見上げて、尻尾をぱたぱた振っている。

「ちゃんと自分の場所ってわかるみたいですね。賢いです」

「気に入ってもらえてよかったよ」

ティアと顔を見合わせ、笑みを交わした。

ベッドが気に入らなければティアと一緒に寝てもらおうと思っていたが、その必要もなさそうだ。

それに、この短足っぷりでは人間のベッドは高過ぎて、自力では登れそうにない。仕事柄どうしてもこの犬には家で留守番を頼むことが多くなってしまうだろうし、その間寝る場所も必要だ。自分のベッドがあったほうが都合も良いだろう。

「そういえばこの子、お名前は何というのでしょう？」

ベッドで寝転がる犬の頭を撫でながら、ティアがふと思い出したようにこちらを見上げた。

そういえば、犬の名前を聞かされていなかった。前の飼い主からの手紙にも記載されていなかったように思う。

「一緒に暮らすのに、さすがに名前がないのも不便ですし……」

「そうだなー。つっても、手紙に名前が書いてなかったからな。こっちで名付けろってことなんだろうけど」

「今更名前を変えられて、ワンちゃんは理解してくれるものなのでしょうか？」

「さあ……？　どうなんだろうな？」

悩ましげにエルディたちが犬を見下ろすと、名無しの小犬は小首を傾げるだけだった。

エルディとて犬を飼った経験などない。自分を呼ぶ名前がころころ変わって理解できるものなのか、犬がそれを自分と認識できるのかもわからなかった。

「とりあえず、何か名付けてみるか？」

「そうですね。何度もその名前で呼び掛ければ、わかってくれるかもしれませんし。どんな名前が良いでしょうか？」

「俺がつけるのか？　ティアに懐いてるんだし、お前が名づけ親になったほうがこいつも嬉しいと思うけど」

「そうなのでしょうか……？」

ティアも犬と同じように小首を傾げて、小犬の顔を覗き込んでいる。

同じような動作をしているのが傍から見ていると何だか可笑しかった。

「では……茶色い小犬ですから、ブラウニーなんてどうでしょう？」

「お、いいんじゃないか？　イメージに合うし。どうだ、ブラウニー？」

ベッドで尻尾を振っている胴長短足犬に訊いてみると、元気よく「わん！」と応えた。

「こいつもそれが気に入ったらしいぞ」

「え、本当にブラウニーで良いんですか？」

ティアが確認のために訊くと、茶色い小犬は「わんわん！」と二度ほど鳴いて、嬉しそうに尻尾を振りながらティアに飛びついた。

犬の言葉がわからなくても、その動作や表情から気持ちは伝わってくる。

「決定だな」

「ふふっ……じゃあ、あなたの名前は今日からブラウニーです。これからは、私とエルディ様が家族ですよ？」

ティアはブラウニーの両脇を抱えて立たせると、優しく微笑み掛けて、その緑の瞳を覗き込む。

ブラウニーはそれに応じるようにして一度鳴くと、ティアの鼻をぺろりと舐めた。

「よろしくお願いしますね、ブラウニーさんっ」

ティアはそう言ってブラウニーを抱き上げると、嬉しそうに頬擦りをしていた。

ブラウニーも負けじとぺろぺろと彼女を舐める。そんなひとりと一匹の様子を眺めながら、エルディは小さく溜め息を吐いて、肩を竦めたのだった。

新しい家での生活が始まった日は、新しい同居人が増えた日でもあった。

人間ひとりと堕天使ひとり、そして小犬一匹の生活が、ここから始まるのだ。

その日は迷子犬捜しで街中を丸一日歩き回って疲れていたこともあって、夕食は簡単なもので済ませた。

ティアはせっかくの初日なのだから、と気合を入れたメニューを作ろうと思っていたようだ。だが、もう時間も遅かったのでまた明日にしようとエルディが提案し、結局コーンスープと黒パンのみとなった。

黒パンは保存が利《き》いて値段が安い代わりに物凄く固いパンだ。貧困層は基本的に黒パンが主食で、エルディは主食が白パンになった際に自分も一流の冒険者になったと実感したものだ。

パーティーを追放されて食い扶持と所持金もなくなり、またゼロからのスタート……そういった状況にもかかわらず、家を買ってしまったのだから、当然節約を意識しなければならない。

またしばらくは黒パン生活の日々だが、これは仕方ないだろう。

黒パンはともかく、ティアが作ったコーンスープはとても美味しかった。スープに浸して柔らかくすれば、固いパンも柔らかくて食べやすくなる。このスープがあればいくらでも黒パンを食べられそうだ。

「ティアは本当に料理が上手いんだな。天界にはお料理教室みたいなのがあるのか？」

「いえ、『物質界お料理百科事典』というのがありまして、独学で勉強しました！　他にも色々作れますよ？」

「……なるほど。楽しみにしておくよ」

「はい！　頑張りますっ」

その百科事典とやらにはめちゃくちゃ惹かれてしまうが、突っ込んではいけないと思って追及は避けた。古今東西《ここんとうざい》全ての料理が載っているのだろうか。気になる。

ともあれ、その『物質界お料理百科事典』というもののおかげで、食生活も安泰《あんたい》そうだ。

となると、エルディの仕事は食い扶持の確保だ。

（こいつらを食わせるためにも、より一層頑張らないとな）

独り身であった時とは状況が異なる。これからは人間ひとりと堕天使ひとり、さらに犬一匹の食費を稼がなければならないのだ。自然と気合が入った。

ちなみにブラウニーは先程干し肉を食べて満足したのか、今は自分のベッドですやすやと丸まって眠っている。胴長犬なこともあってか、丸まるととぐろを巻いているようにも見えるのが面白い。

さて、食事を終えたら次は風呂だ。

この家は、街の中心部から随分と離れた場所にあるので、元々離れに浴室小屋が作られているのだ。前の所有者が公衆浴場に行くのを面倒がったのだろう。

浴室小屋は、沸かし場、浴槽、洗い場、脱衣所に分かれていた。

沸かし場はお湯を作る場所で、小屋の外にある石窯《いしがま》で沸かしたお湯を、水路を伝って風呂場に流す仕組みになっている。近くの川から水路が引かれてあるので、水汲みも凄く楽だ。

浴室の湯船は、ギリギリ大人ふたりが入れるかどうか、といった広さだった。

湯船の底には水抜き用の栓《せん》と排水のための水路が外に繋がっているので、風呂を終えれば栓を抜くだけで良さそうだ。

本来、湯沸かしにはかなりの薪《まき》と水が必要なのだが――ここでも何かと便利なのが、ティアの天使パワー。沸かし場に水を溜めることも、さらには石窯を温めてしまうことも魔法でできるので、薪も水汲みも全て不要だった。

「お風呂、初めて入るので楽しみです」

「入ったことないのか？」

「はい。身体は〈浄化魔法〉で綺麗にしてしまいますので……」

確かに、あの魔法を使えたならば、風呂は不要だ。

かくいうエルディも、彼女と過ごすようになってから〈浄化魔法〉を一緒に掛けてもらっていたので、風呂と洗濯要らずの日々を送っていた。

しかし、ただ綺麗にすることだけが風呂の目的ではない。お湯にゆっくりと浸かることで、心身の疲れを取り除くのも風呂の役目なのである――そう伝えたところ、ティアが乗り気になったのだ。

「うん、いい湯加減だな。これで準備もできたし、先にどうぞ」

湯船のお湯に触れて温度を確認してから、ティアに促した。

「私から先に入るんですか？」

「ああ。一番風呂のほうが良いだろ。お湯も綺麗だし」

今日はまだ〈浄化魔法〉を掛けていないので、ふたりとも汚れたままだ。散々歩き回ったり走ったりしたので、当然汗もかいている。風呂で身も心も綺麗になる感覚を味わうにはぴったりな状況だ。

冒険者をしていると、風呂に入れるのは街の大衆浴場を利用する時くらいである。基本的には湯で浸した布で身体を拭くのが日常だった。毎日風呂に入れるだけでも十分な贅沢《ぜいたく》だ。

「いえ……そうではなくて」

何やら言っていいのかどうか、と迷っているような、やや恥ずかしそうな表情で、ティアがもじもじし出した。

「どうした？」

「その……入り方がわからないんです」

「はい？　入り方？　何の？」

ティアの言っている意味がわからず、エルディが重ねて訊く。

「……お風呂の入り方が、わからないんです。教えていただけませんか？」

堕天使の口から、衝撃的過ぎる発言が飛び出した。

さすがのエルディも口があんぐりと空いてしまって、言葉が出てこなかった。

『物質界お料理百科事典』はあるのに、『物質界日常生活百科事典』はなかったのだろうか？　それとも、まだティアが未履修なだけだったのだろうか？　ただ、とんでもないことを言われたのだけは間違いない。

「え？　教えるって……俺が？」

恥ずかしそうに、ティアがこくりと頷く。

その表情は、お風呂の入り方を知らなかったことから来ているのか、とりあえず異性に風呂の入り方を教わることを恥ずかしいものだと認識しているか、どちらだろうか。

後者だとすれば悪質過ぎる。

「……よし、お風呂はナシだ」

エルディは少し考えた末、そう決断した。

だめだ。あまりに危険過ぎる。色々な意味で。少なくともこれから同居する人間にガン見されながら風呂になど入りたくない。

「どうしてですか!?　せっかくお湯も溜まったのに！」

「どうしてもこうしてもあるか！　そもそも、〈浄化魔法〉があればお風呂は要らないんだから、無理して入る必要ないじゃないか！」

「でもでもッ、エルディ様は先程『お湯にゆっくりと浸かることで、心身の疲れを取り除くのも風呂の役目』と仰っていました。私もその感覚を味わってみたいですッ」

「うぐっ……」

俺のバカ野郎——エルディが心の中で自分をそう罵《ののし》ったのは言うまでもない。

先程の自分の発言に苦しめられるとは思ってもいなかった。自分で自分の逃げ道を塞いでしまっている。

「じゃ、じゃあ！　今度アリアさんをこの家に招待して、入り方を教えてもらおう！　な、それでいいだろ⁉」

「アリアさんはお仕事でお忙しそうですし、ここまで来て頂くのはちょっと申し訳ないです……」

ティアがしゅんと肩を落とした。

どうしてそういうところだけ律儀《りちぎ》なんだ、とツッコミを入れたくなったが、それよりもティアのトンデモ発言のせいで頭痛がしていて、それどころではない。

ダメだ、このままでは話が変な方向にいってしまう――そう思っていた時に、まさしくその予想が的中したかのごとく、彼女がこう切り出した。

「では……その、一緒に入る、というのはどうでしょう？」

「はいいい⁉」

ティアのとんでもない提案に、エルディは狼狽《うろた》えて声を上げた。

「いやいやいや！　一緒にって、さすがにそれはまずいだろ！」

「でも、教えていただけないというのでしたら、そうする他ないといいますか……！」

「ぐぐ……！」

確かに、残された手段はそれしかなさそうだと一瞬思ったが、すぐに頭を横に振った。

天使族と人間族に文化の差があれば当然羞恥心の度合いに差があるのも仕方ない。

実際それを目の当たりにする機会はこれまでにもあった。だが、さすがに天使と一緒にお風呂はまずい気がしてならなかった。

もちろん、これが一般的な女性で恋人関係であれば、エルディもそこまで抵抗しなかっただろう。

しかし、今回の相手はティア＝ファーレル。

堕天使といえども、つい数日前までは神の使いたる天使だった少女だ。そんな少女相手に邪な感情を抱いたまま一緒に入浴なぞしたら、それこそ神の怒りを買ってしまうのではないだろうか？

（いや、それとも堕天使だからこそもう問題ないのか？）

そういった考え方もできなくはないが、既に相手方が奇特な存在であるが故に、真っ当な判断を下せないでいた。

それ以前に、さすがに目のやり場に困るというか、エルディ自身自らの理性を保てる自信がなかった。アリアの言う通り、チキっているのは間違いない。

ただ、その前にひとつ、天使族と人間族にどの程度羞恥心的なものに差があるのかは確認しておかなければならない。この答え次第ではいかようにも対処できる。

「ティア、ひとつ確認したいことがある」

「何でしょう？」

「裸になるのって、恥ずかしいよな？」

「……？　はい。恥ずかしいに決まっています」

ティアは小首を傾げて言った。何でそんな当たり前のことを訊いてくるんだ、と言わんばかりに不思議そうにしている。

どうやら、羞恥心というものは天使と人間にそれほど差がないらしい。

これで確信した。風呂の入り方がわからないと言っていたからそんな気はしていたのだが、彼女は入浴の状況そのものを何も知らないのだ。

エルディは頭を掻きながら言った。

「あー……あのな、ティア。風呂っていうのは、裸で入るものなんだ。俺と一緒に入るってことは、その……俺に裸を見られることになる」

「えッ――!?」

そこで、ティアの顔が一気にぼっと火がついたかのように燃え上がった。

やはり、自分の裸が見られることまでは想定していなかったようだ。

「それは……確かに、恥ずかしい、ですね」

「だろ？　だから、入り方は今度アリアさんが来た時に――」

「でも……でもッ！　エルディ様になら、平気です！」

「ブッ――」

堕天使からトンデモ発言第二波が繰り出された。エルディの頭痛が一段と重くなったのは言うまでもない。

平気とは一体どう平気なのだろうか。男として見られていない、ということなのか。それはそれで少し傷付く。

「平気……というわけではないですけど、エルディ様なら嫌じゃないといいますか。恥ずかしいですけど、頑張ります」

顔を真っ赤に染めながらも、何かを決意したような表情で、ティアはぐっと拳を握った。

(そこは、頑張るところじゃないんだけどなぁ……)

頑張るか頑張らないかという話になると、エルディは別の意味で頑張らないといけなくなるわけで。目のやり場とか、欲望の抑制とか、理性との戦いとか。

(というか、そもそも何でこんな話になったんだっけ？　もう話に付いていけない……)

エルディは額に手を当て、大きく溜め息を吐く。

ティアと一緒に行動をともにするようになってから、そこそこ経つ。だからこそ、彼女の性格もある程度把握でき始めている。そこで理解した彼女の性格は、一見すると押しに弱そうに見えるが、芯《しん》はかなり強く一度言い出したら聞かないところがあるというものだ。

どこでそのモードになってしまうかはわからないが、今のこの雰囲気は完全に引かない時の状態だ。

エルディだって入りたくないわけではないが、それでも二の足を踏んでしまう。

「それとも、私なんかと一緒に入浴というのは、その……嫌、でしょうか？」

顔を赤く染め上げながらも悲しげに、おずおずと訊いてくるティア。

恥ずかしいと言っておきながら——そして、実際に恥ずかしそうである——どうしてここまで彼女が頑ななのか、その理由が全くわからなかった。

だが、そんな顔をされたら、エルディも断れない。

「わかった。わかったよ。一緒に入るから、そんな顔しないでくれ。あと、頼むから布で身体は隠してくれよ」

エルディは小さく溜め息を吐いて、そう返事をした。

その言葉に対して、ティアは相変わらず赤い顔のまま、こくりと頷いたのだった。

しかし、そこでふと我に返る。

（あれ……？　一緒に入るだとか入らないだとか、そんな話だったっけか？）

堕天使のトンデモ発言に振り回されて、もはや当初の話題すら覚えていない劣等剣士であった。


一体俺は何をしているんだろうか——？

エルディは自らを守るのが鼠径部《そけいぶ》を覆う布切れだけになってしまったのを見て、何とも言えない気持ちになっていた。

何というか、思っていた入浴と全く違う。入浴とは、本来あたたかい湯に浸かって、身体の汚れとともに疲れを取るものであるはずだ。だが、今のエルディは疲れを取る間もないほど緊張していた。

その理由は、エルディの隣にあった。ちらりと見ると、視界の片隅に白く美しい肌が入ってきて、固唾を呑んだ。

そこには、銀髪の美しい少女があられもない姿で立っていた。今は衣服を脱いでおり、胸元から臀部《でんぶ》までを一枚の織物で覆い隠している。長い銀髪は湯に浸からぬように頭の上で結ばれていたが、それによって尚のこと彼女の肌が露出しており、男の欲望を刺激する。

浴室の中はランプのゆったりとした暖色の灯りで照らされているだけで、それが余計に艶《なま》めかしい雰囲気を創り出していた。

今、彼女は翼を仕舞っており、その背には黒い翼は生えていない。これが本来あったはずの白い翼でも生えていれば、もう少しばかり劣情も抑えられたかもしれない。だが、今はただ美しい少女が織物一枚で包まれているだけだ。否応なしに、エルディの中の雄《おす》が反応してしまう。

「その……あんまり見ないでください。さすがに、恥ずかしいので」

エルディの視線を感じ、ティアは顔を真っ赤にしながら、泣きそうな顔で言った。

「いや、自分から言い出しておいてそれはなくないか……」

「でも、恥ずかしいものは恥ずかしいですからッ」

何故だかわからないが、叱られてしまった。実に理不尽である。

ひとまず、エルディはティアに入浴の手本を見せるため、掛け湯をしてから織物に薬草石鹸《せっけん》を染み込ませて、身体を擦った。もちろん、織物は身につけているものとは別のものを使っている。

薬草石鹸は市場で売っていたので、それをいくつか買ってあった。

基本的にエルディたちにとって入浴は娯楽《ごらく》に近いものなので――ではどうして娯楽で、こんなに大変な目に遭っているんだという話になるが――それほど量を買う必要もない。

「こんな感じで身体と髪を洗って……あとは、湯船に入る」

エルディは風呂の入り方を実践してみせてから、湯船に入った。

真新しく綺麗なお湯が皮膚にしみこんでいって、筋肉をゆっくりと緩ませていくのがわかる。この、ただ綺麗になるだけではなくて、ゆったりとしていく感覚が風呂の良いところである。

「……っと、こんな感じかな。できるよな？」

さすがに洗ってくれとか言われたら、頭が沸騰《ふっとう》しかねないので、自分で洗ってほしい。

「はい。できる、と思います。あの……」

「ん？」

「洗っている時は、できれば……」

「ああ、わかった。目を瞑っているから、安心してくれ」

涙を零しかねない様子でティアが言うので、そう答えざるを得ない。

一体何の拷問《ごうもん》だろうか。色々お預けされて、まるで調教中の犬のような扱いだ。

ブラウニーでさえリビングで自由に過ごしているのに、どうして家主が調教されているのか。もっとも、ティアにそんなつもりはなく、ただ純粋に恥ずかしがっているだけなのだろうけれども。

目を閉じていると、ティアが湯船から桶《おけ》にお湯を掬って、洗い場で身体を洗っている音が聞こえてくる。

なんだかこれはこれで、普通に混浴するよりも危ないかもしれない。見えないからこそ勝手に想像してしまうのだ。

「……熱いですか？」

身体を洗い終えたであろうティアが、訊いてきた。

「ちょっと熱いけど、ちょうどいいよ。目、開けていいか？」

「は、はい」

ティアの許可を得てからゆっくりと目を開けると、湯船の傍で恥ずかしそうにしている堕天使の姿が目に入ってきた。

織物から剥き出しになった肩や四肢が妙に艶めかしい。普段着ている天使のワンピースとそれほど見える箇所は違わないのに、布が一枚になっただけで、全然印象が違う。

「隣、どうぞ」

エルディは彼女から視線を逸らすと、隣にスペースを作った。

それほど大きいわけではないから、端に寄らないとぶつかってしまうのだ。

「……はい。失礼しますね」

ティアは観念した様子で言うと、背を後ろに向けて湯船に片足を浸けた。

きっと、彼女はエルディと目が合うのが恥ずかしくて、後ろ向きになったのだろう。だが、それは逆効果だった。

後ろ向きに入るということは、当然お尻を突き出す形で入ることになる。そう、布の隙間から見えそうなお尻が目の前に来てしまっているのだ。エルディが少し顔を前に突き出せば、触れてしまうのではないかという距離に、それは迫っている。

お湯の熱さのせいか、エルディの思考力は普段より落ちていて、自然と顔が少しずつ彼女の臀部へと吸い込まれそうになった。

(天使！　一応、元天使で堕天使！　そんな不敬なことは許されない！　鎮まり給え、俺の野生！)

心の中でそう唱えることで何とか理性を保ち、既《すんで》の所でエルディは踏み留まる。

その間にティアは腰あたりまで浸かったので、何とか理性の暴発は防げた。

しかし、まだエルディの理性との戦いは始まったばかりだ。

これからどんな状況に陥るのか、そしてこの気まずい状況でどんな会話が繰り広げられるのか、予想できるはずもない。

ティアが肩まで湯船に浸かったところで、目が合った。

彼女はこちらに向いたまま、恥ずかしげに笑って小首を傾げる。

(はぁ……なんか、ごめん)

彼女の無垢な笑顔に、エルディは途方もない罪悪感を抱いてしまった。

一体何をさっきからずっと心の中で騒いでいるのだろうか。ちょっと自分が情けない。

「……狭いですね」

ティアが肩まで浸かった拍子に、湯船からざぶーんとお湯が大きく溢れた。湯の量は最初の半分くらいまで減っていそうだ。

「この湯船、多分ひとり用だしな。ふたり入れるだけでも、備え付けの浴室の湯船にしては大きいほうだと思うぞ」

視線の先をティアの白い肌から周囲の壁に移して言った。

湯船の中では、自然と肩や身体が触れ合ってしまっていた。肩どころかふとももまでぴったりとくっついてしまい、エルディの鼓動も自然と速くなる。

彼女も視線を浴室の窓のほうへ向けていた。頬を赤らめているところを見るに、エルディと同じく恥ずかしいらしい。

それからエルディたちは、互いに別々の方向を見ながらしばらく湯に浸かっていた。ちゃぷちゃぷとお湯が揺れる音と窓の外の木々のせせらぎ、そして小さな虫の鳴き声が聞こえてくる。

（堕天使と入浴、か……一体俺は何でこんな人生を歩まされているんだろうな？）

自分の置かれた状況を冷静に考えると、思わず苦い笑みが漏れた。

ティアと出会って、まだ半月程度だろうか。種族も常識も人生観も全てが異なるのに、彼女とは不思議と意気投合していた。

それから毎日一緒に過ごして仕事をしているうちに、同棲が決まって風呂まで一緒に入っている。

冷静に考えても意味がわからなかった。

だが、この時間は決して嫌いではない。いや、とても心地が好いものだと思えた。少なくとも、これまで出世欲に囚われてガムシャラに戦っていた時よりも、随分と気が楽で、穏やかな気持ちになれる。

「お風呂って……とっても気持ちいいんですね」

ティアは湯を自らの首に優しく掛けて、柔らかく微笑んだ。

「だろ？　ただ綺麗にするってだけなら魔法でも十分なんだけど、こうして湯に浸かるだけで、何だか癒されるんだ」

「はい。まだ恥ずかしい気持ちが強いですけど」

ティアは付け足し、面映ゆそうにエルディのほうを向いた。

その拍子に、胸元にある二つの果実もこちらを向く。今は織物が巻かれており、窮屈そうに谷間を作っていた。

「あの……大衆浴場というところでは、男性と女性がこうして当たり前に一緒にお風呂に入るんですか？」

「まさか。脱衣所のところから男女に分かれてるから、顔を合わせることはないよ。今の状況が異常ってだけだ」

「そうだったんですね。少し安心しました」

ティアは嫣然《えんぜん》として、小首を傾げた。

少し慣れてきたのか、先程よりも恥ずかしさは落ち着いたようだ。一応はエルディのほうを向いて話してくれるようになっている。

こちらを向かれてしまうと、自然とエルディも彼女を見てしまうのだが、そうなると視線は当然、胸元の谷間へと吸い込まれていくわけで。たわわに実ったその二つの果実に、嫌でも視線が向く。それは綺麗な形をしていて、それでいてとても柔らかそうで……

（なんという神秘さ。ぜひともこの場で本来の姿を拝み——って、天使！　元天使の堕天使だから！）

エルディは心を無にして教会の宗教画を思い浮かべることで、何とか膨れ上がる欲望を抑えつけた。

ただ、色気のかけらもない天使の絵画と今目の前にある美しい果実が同一のものとは到底思えず、視線は自然と右往左往して怪しいものになってしまっていた。

隙あらば胸元に視線を送ろうとしているエルディの眼球は、自身よりも余程本能に忠実らしい。

「エルディ様……？」

視線が自らの胸元にあると感じたのか、ティアは両腕で自らの胸元を隠すように覆った。その拍子に、彼女の肘が腕に当たって、またどきりとしてしまう。

「エルディ様、えっちです……」

「い、いや！　何も見てないから！　湯の減り具合の確認をだなッ」

「本当でしょうか？　その割に視線が……」

「ばか、本当だ！　本当に決まっている。け、剣士っていうのは、嘘なんて吐かないんだ」

あたふたと無茶な言い訳をしているエルディが面白かったのか、ティアは「そういうことにしておきますね」と恥ずかしそうに笑っていた。

というか、『えっち』ってどういう意味かわかって言っているのだろうか。彼女の知識には変な偏りがあるような気がする。

「……エルディ様？」

ティアのお赦しをもらったところで、彼女は柔らかい笑みを浮かべてこちらに向き直った。

「恥ずかしい気持ちはありますけど……でも、ひとりで入るよりも、何だか幸せな気持ちがしました。もし嫌でなければ、またこうして一緒にお風呂に入ってくださいね」

彼女の笑顔はとても楽しそうで、でも少し恥ずかしそうで。この時間が彼女にとっても、ただ風呂に入るという以外に意味があったのだと思うと、何だか嬉しかった。

「全く……お前は無邪気でいいな。こっちの身にもなってくれよ」

エルディは微苦笑を浮かべると、天上へと上っていく湯気へと視線を移す。

風呂に入る度にこんな拷問を味わう羽目になるくらいなら、風呂なんてなかったほうがよかったかもしれない。

「え？　エルディ様は、何かご不便があるんですか？」

「いや、ないんだけどさ……そういえば、何で一緒に風呂なんて入ろうって思ったんだ？」

ついでに、疑問に思っていたことを訊いた。どうにもティアはどこか無理矢理にでも一緒に風呂に入ろうとしていた節があった。それがどこか不自然だったのだ。

「それは……アリアさんが、お風呂に一緒に入ればエルディ様も喜ぶ、と仰っていましたので」

「なるほど。あいつの入れ知恵か」

思わぬところで犯人が発覚した。

ティアが何故恥ずかしいのを我慢してまで強引にエルディを誘ったのか、何か理由があるものと思ったが、ティアの答えを聞いて納得した。

彼女はエルディが喜ぶと思っていたからこそ、羞恥に耐えていたのだ。

実際に、こんなに可愛らしい女の子と入浴できて、嬉しくないわけではない。

嬉しいけども、何とも言えない気持ちのほうが大きくて喜ぶどころではなくなってしまうのだ。

「あの……やっぱり私なんかじゃダメでしたか？　エルディ様、全然楽しそうじゃないですし」

アリアの余計な世話に対して呆れ返って黙っていると、ティアはそれを違う意味で受け取ったのか、しゅんと肩を落としてしまった。

「い、いや！　そういうわけじゃなくて……嬉しいよ。嬉しかったけど、ティアと一緒で恥ずかしかっただけさ。ティアが嫌じゃなかったら、また一緒に入ろうな」

「……はいっ！」

ふたりまとめてアリアに玩具《おもちゃ》にされているというのに、全くその悪意に気付いた様子もなく、ティアは無邪気に笑っていた。

そして、彼女が落ち込んでしまわないように咄嗟に次も入る約束をしてしまったあたり、アリアの手のひらで踊らされている気がしてならないエルディであった。


波乱万丈《はらんばんじょう》な入浴を終えても、エルディの気は休まらない。

髪を乾かし——ティアの魔法で乾かしてもらった——終えたら、今度は寝床問題だ。

この家はそれほど広くはなく、しかも今のところベッドもひとつしかない。これが完全にひとり用のベッドであれば、すんなりティアに譲って楽に解決できたのかもしれないが、そのサイズは少し大きめのセミダブルベッド。

男女が同衾する意味を知らないティアは当然、ソファーで寝ようとするエルディに対して「どうして一緒に寝ないんですか？」と疑問を呈した。

即ち、以前家の掃除をしていた時に議論していた、一緒に寝れば良い云々の話の続きになったのだ。アリアがからかってきたおかげで話が横道に逸れて有耶無耶《うやむや》になっていたのだけれど、何も話が進んでいなかったのである。

ここで詳らかに説明できれば良かったのだけれど、さすがに一緒に風呂に入った直後に話すには気まずい。彼女は入浴自体にも別の意味での恥ずかしさがあったことを知ってしまい、せっかく楽しみにしていた次の約束を果たすことを躊躇《ためら》ってしまうだろう。

それに、先程まで彼女と白い肌に織物一枚で隣り合わせになっていたのだ。そんな彼女と同衾してしまうと、それこそ色々制御できる自信がなかった。

結局、エルディは有耶無耶に誤魔化すことにした。ソファーで寝るのもベッドで寝るのも変わらないんだ、実は寝相が悪いんだ、など適当に言い訳を並べ立ててティアを寝室に押し込み、明かりを消した。

ブラウニーはそんな主人たちのやり取りを寝ぼけまなこでぼんやりと眺めていたが、犬用ベッドの縁《ふち》に顎を乗せてすぐに寝入っていた。心なしか、犬に呆れられているような気がしなくもない。

かくして、ようやく就寝時間が訪れた。

エルディはクッションを枕にして、ソファーに横になって大きく息を吐く。

もともと、このソファーもベッド代わりにすることを視野に入れていた。

冒険者は夜営をすることも多いので、大体どこでも寝れる。ベッドでなくても、地面や床でさえなければそれだけでありがたいのである。

ソファーの寝心地も良好。今日は心身ともに疲れていることもあって、すぐに眠れそうだ——そう思っていた時だった。

寝室のドアがかちゃりと開く音がした。

「……あの、エルディ様？　まだ起きていらっしゃいますか？」

エルディの後ろから、ティアが遠慮がちに声を掛けてきた。

「ん？　ああ、寝かけてたけど、まだ起きてるよ」

エルディは欠伸《あくび》をして身体を起こすと、ティアのほうを向いた。

月明かりに見る彼女もまた美しく清らかであったが、その表情はどこか暗い。

「どうした？　トイレか？」

「ち、違いますっ！　お手洗いならひとりで行けますから！」

彼女が何を言い出すかはおおよそ予測がついたので、あえて本題ではなさそうな話題を振ってみたが、案の定否定されてしまった。

「えっと、そうではなくて。その、エルディ様はやっぱりソファーで寝るのですか？」

「ん？　そのつもりだけど、それがどうした？」

「う～……やっぱり、それでは私の気が済みません」

ティアはいきなり唸《うな》ったかと思うと、何かを決心したように顔を上げた。

その頬はほんのり赤くなっている。

「気が済まないって、一体何がだよ？」

おおよそ何を言い出すかはわかっていたが、エルディは気付かぬふりをした。

おそらく、先程の話の続きをしにきたのだろう。有耶無耶にされた、という感覚が彼女にもあったのかもしれない。

「その……私がベッドで寝てエルディ様がソファーで、というのが、嫌なんです」

「嫌って言われてもなぁ……」

エルディは頭を掻くと、小さく溜め息を吐いた。

予想していた通りの話だ。

「アリアさんも、仲が良い男女は一緒に寝るものだ、と仰っていました。私とエルディ様は、仲が良くないのでしょうか……？」

「いや、そういうわけじゃなくてな」

おのれ、またあの女の入れ知恵か。

となると、先程の『えっち』云々の用語を教えたのも彼女だろう。エルディのいないところで、面白がって色々ティアに吹き込んでいるらしい。困ったものである。

どうせ吹き込むのなら、男女の馴れ初めなどそっちの知識も吹き込んでほしいものなのだが。

「あのな、ティア。その、アリアさんの言ってる男女が仲良くっていうのは、そういう意味じゃなくてだな」

こうなったらある程度説明するしかないかとエルディが腹を括った時、ティアから予想していなかった言葉が飛び出た。

「し、知ってますっ」

「え？」

「詳しくは教えてもらえませんでしたが、その……一緒に寝るのは特別な異性とだけで、もしエルディ様と一緒に寝るのに抵抗がなければ誘ってみてはどうか、と」

肝心なところだけぼかしているのがあのギルド受付嬢らしい。

そこを説明しておいてくれないと、ティアの覚悟もまた異なってくるだろうし、エルディとて気持ちが違ってくるというのに。

「お風呂の時と同じで、恥ずかしさも少しはありますけど……でも、抵抗とかは全然なくて。むしろ、一緒がいいっていうか、ひとりだと寂しいなって思ってました。ですから、もしエルディ様が嫌でなければ、ご一緒にいかがでしょう……？」

そこには懇願するような瞳があって。その瞳は雫《しずく》が零れ落ちてしまいそうなほど潤んでいて。

どこか儚さを感じさせる表情でもあった。

そんな瞳をされて断れるほど、エルディは強い心を持っていなかった。

「わかったよ。一緒に寝るから。だから、そんな顔をしないでくれ……」

「エルディ様……はい！」

エルディの返答を聞いて、一転して嬉しそうな笑顔を見せる。

なかなかどうして、エルディはティアの懇願には弱かった。

というより、アリアの睨んだ通り、彼女の懇願には抗えないのだ。

それはきっと、悲しそうな彼女を見たくないからだろう。殺してくれ、と涙しながら懇願してきた最初の彼女と被って見えてしまうからかもしれない。

そんな彼女を二度と見たくなかったからこそ、エルディは彼女に人として生きる道を提示してみせたのだ。そうしてともに過ごすことで見せる彼女の笑顔に、エルディ自身が救われていたというのもあるだろう。しかし——

（俺の理性、朝まで持ってくれるかなぁ）

若さ故に、自らの欲望を律せる自信もまた、全くなかった。

ちなみに……『えっち』という単語とその意味についてだが、アリアからこう教わったらしい。

『エルディがじっとティアの身体を見ていて、その視線に恥ずかしさを感じたらそう言ってやれ。そしたらきっとエルディも喜ぶ』と。

肝心なところをぼかしているくせに、その真意——こちらの反応を踏まえて——をしっかり押さえているところが余計に腹が立つ。なんなんだ、その無駄な言語能力の高さは。

ともあれ、もう『えっち』と言われないために、視線には気をつけよう。そう心に誓ったエルディであった。

それからまもなく、エルディはティアに促されるまま寝室に入った。

寝室の中央には、セミダブルサイズのベッド。ベッドマットやシーツ、毛布等は本日家具商人から購入したものだが、もともとあるベッドは前の持ち主のものだ。せめてシングルサイズだったらもう少し言い訳ができたものを……前の家主を恨むばかりである。

「……エルディ様からどうぞ」

寝室の入り口で固まっていたエルディに、ティアが声を掛ける。

「あ、ああ」

何となく気まずい面持ちで視線を交わしつつ、ティアはベッドの右側、エルディは左側へと行き、それぞれ中に入った。毛布とシーツが擦れる音がして、ひんやりとした布地が身体を包み込む。

毛布は新品特有の香りをまとっていて、なんだか鼻が慣れない。

数日この毛布で眠ればこの香りにも慣れるのだろうか。

「えっと……明かり、消しますね」

ティアがそう遠慮がちに言ってから、枕元のランプの明かりを消す。間もなくして、部屋が暗闇と静寂に包み込まれた。

エルディは彼女に背を向ける形で横に寝ると、そのままぎゅっと瞼《まぶた》を閉じた。

(このまま寝れば大丈夫、このまま寝れば大丈夫……)

エルディは自らに言い聞かせるようにして、頭の中でそう唱え続ける。

お互いにベッドの隅っこに身体を寄せているので、互いの肌や服が触れ合うことはない。こうして隅っこに身体を押しやれば、個別のベッドで寝るのと大差ないはずだ。

あとはこの空間にさえ慣れてしまえば、きっとこれまで通り寝れる――

そう思っていたものの、ティアがほんの少し動くだけで毛布を伝ってその振動がこちらにも伝わってくる。目を瞑っていても彼女と同じベッドで寝ていることを否応なしに感じさせられた。

エルディは自らの身体をいっそうぐっと縮こまらせる。ここで振り返ろうものなら、理性を保つのは無理だ。

今日は朝からリントリムの街を駆け回り、さらには狼人と一戦交えているので、身体も疲れているはず。風呂上がりでリラックスしていることから、本来ならばすぐに眠りに落ちても良さそうなものだ。

だが、同じベッドの中にティアがいるだけで変な緊張感を覚えてしまい、全く眠気が訪れる気配はなかった。

「あの、エルディ様……？　そんなに隅っこで小さくならなくても大丈夫ですよ？」

「い、いや！　俺は普段からこういう寝方をしているんだ。俺のことは気にしないで好きに寝てくれ」

普段は大の字で寝っ転がっているくせに、咄嗟にしょうもない嘘を吐いてしまった。

だが、今の状況ではそんな寝方などできるわけがない。

「そうなんですか？　……では」

ティアがそう言い、布が擦れる音が背後からしたかと思えば、彼女はぴとっと自らの身体をエルディの背中に預けた。

（――はい⁉　いやいやいや、ちょ⁉　何してんの堕天使さん⁉　何でくっついてきてんの⁉）

エルディはエルディで変なことを考えないように理知的であろうとしているのに、それを真っ向から打ち崩そうとしてくるのがこの堕天使ティア＝ファーレルである。

「エルディ様、やっぱり身体が冷えてしまっています。せっかくお風呂に入ったのに、湯冷めしてしまいますよ？」

ティアは身体をエルディの背につけたままそう言った。

ソファーで薄い毛布だけで寝転がっていたせいかもしれない。ティアはそんなエルディを暖めようとしてくれているらしい。紛《まぎ》らわしいにもほどがある。

「そうだな……早く稼いで、もう一個ベッドを買うようにするよ」

会話がこれで成り立っているのかわからないが、エルディは混乱の中で何とか言葉を見つけて紡いでいく。言葉を選ぶよりも、理性を保つので精一杯だった。

しかし、堕天使の少女はそんなエルディの理性を揺さぶるかのように、平然とこう言ったのだった。

「私は別に、これでも構いませんけど……？」

「はい？」

「だって、エルディ様の背中、大きくてあたたかくて……つい、こうしていたくなってしまいますから」

ティアはエルディの腰に腕を回し、自らのほうへぐっと引き寄せた。その拍子に、彼女の胸の柔らかな膨らみが、背中に押し付けられる。

エルディの心臓がティアの遠慮のない言葉で幸せな痛みで満ちていくのと同時に、理性という柱にどんどんヒビが入っていった。

ここまでくると無邪気も罪である。彼女はこうして無自覚に誘惑しておきながら、こちらには毎日理性を保って寝ろ、と言うのだ。何とも残酷な話だった。

それからしばらくは同じ体勢のまま、黙って過ごしていた。

しかし、お風呂上がりの彼女の良い匂いと柔らかな感触を背中に感じていては眠れるわけがない。

ただ目を瞑って睡魔の訪れを待っていると……ティアが沈黙を破った。

「あの、エルディ様」

「ん？」

「一緒にいてくださって……ありがとうございます」

ティアは囁《ささや》くようにして、お礼の言葉を述べた。

眠そうでふわふわしつつ、でも眠ってしまう前に気持ちを伝えたい——そんな彼女の細やかな感情が、その声色から伝わってきた。いきなり礼を言われるとも思っていなかったので、何だかむず痒《がゆ》い。

「エルディ様のおかげで、地上に堕とされてからも全然寂しくありませんでした。本当に、感謝してもしきれません」

「別に……大したことはしてないさ。それに、俺だってティアに助けられてるからな。それはいいっこなしだろ」

「そうでしょうか？　私、何か特別なことをしていますか？」

「してるよ。今日の犬捜しだってそうだし、幽霊屋敷の件だって、水源調査の時だって助けられてる。そもそもリントリムに来れたのだってティアのおかげだからな。それ以外でも……色々助かってるんだ。感謝するのは俺のほうさ」

何となくティアと過ごすのが当たり前になって、毎日が楽しいと思えるようになった。

たまに羽を出されて焦《あせ》ることはあるけれど、それさえも良い思い出で、今となっては楽しいひと時であったと思えてしまう。

こうして家を買って定住しようと思えるようになったのも、そんなティアとの時間をもっと過ごしたいと思えたからだろう。

エルディからすれば、これまでと違う、新しい自分を垣間見た瞬間でもあった。

「そう思っていただけているのでしたら、嬉しいです。天使としては全然ダメダメでしたけど……私、エルディ様を幸せにします。ずっと一緒に、いたいですから」

ティアは少し眠そうな、でも愛しげな声でそう言って。少しだけ自分の腕に力を込めて、自らのほうにエルディを引き寄せた。

(なんかプロポーズみたいになってるけど、意味わかってるのか？)

人間を幸せにするという天使としての役割と、彼女自身の気持ちがごっちゃになっていて、プロポーズを彷彿させる台詞《セリフ》になってしまっている。眠さも相まって、彼女自身もどういった気持ちなのかわかっていないのかもしれない。

ただ、そんな愚直なところがこのティア＝ファーレルという堕天使なのだ。それを思うと、愛しくて思わず笑みが漏れてしまった。

エルディは何も言わず、自らの腰に回された彼女の手をそっと握ることで、その気持ちに応えてみせる。

本当は振り返って抱き締めたいのだけれど、それをしてしまうと本当に止まらなくなってしまいそうだ。己の理性のためにも、そしてまずはこの生活を安定したものにするためにも、今はまだ、これ以上進むべきではない。

我ながらチキっているとは思うが、相手が異なる種族なのだから、それくらいがちょうど良い。

そう自分に言い聞かせて、その場を凌いだ。

背中越しにすーすーと可愛らしい寝息が聞こえてきたのは、それから間もなくのことだった。

今日は朝からずっと動きっぱなしだったので、彼女も疲れていたのだろう。やはり先程の言葉は、半分寝惚けて出てきた言葉だったようだ。

背中から感じるティアの体温と寝息。本来ならば、胸が高鳴って落ち着かなくなるはずが、そのあたたかさは不思議とエルディにこの上ない安らぎを与えてくれた。

睡魔が迎えにくるまでの間、ただ彼女の体温と耳元に僅かに聞こえてくる吐息に身を任せる。その時間はきっと、彼女の言う幸せに近いものな気がした。

＊

「すまない、ヨハン。俺はここで〝マッドレンダース〟を脱退させてもらう」

以前引き受けたB級パーティー向けの依頼をいくつか達成し終えたタイミングで、エドワード＝ホプキンスは〝マッドレンダース〟のリーダー・ヨハン＝サイモンにそう切り出した。

「おい、エドワード……どういうつもりだい？」

唐突な申し入れに、ヨハンは愕然としていた。

驚きのあまり、最近吸い始めた葉巻――確か、ゴブリンゴールドという銘柄《めいがら》だ――をぽとりと落としている。

彼からすれば、寝耳に水だろう。ここから他の依頼も全て熟《こな》せば、もしかするとギルドの判断でA級パーティーに昇格できたかもしれないのだから。

だが、B級パーティー用の依頼をいくつか受けてみて、エドワードはもうヨハンと一緒にやるのは難しいと改めて思った。無理をすれば可能だったかもしれないが、彼の気持ちがもう付いてこなかったのだ。

「どうもこうもない。言葉通りだ。俺は今日限りで〝マッドレンダース〟を抜けさせてもらう。以上だ」

「だ、だから！　それがどういうつもりだって言ってるんだよ！　ここからB級依頼をやっていって、A級に上がるって話したばかりだっただろう⁉」

「もちろん、その話は覚えている。だが、実際にそれが無理だと確信したんだ。悪いな」

エドワードは嗤笑《ししょう》を浮かべてそう言った。

やや挑発気味な物言いに、同じパーティーの魔導師と治癒師がぎょっとして顔を見合わせた。まるで喧嘩を売っているようだったからだ。

これまで、エドワードがヨハンに対してこういった物言いをしたことはなかった。だが、彼の我が儘に合わせるのにもいい加減疲れ果てて、その苛立ちを隠す気力さえなくなってしまったのだ。

そもそも、このタイミングで脱退を申し出ること自体がヨハンに喧嘩を売ることと大差がない。

ならば、しっかりと自分の立ち位置を示したほうがいい——エドワードはそう判断し、苛立ちも相まってわざと挑発的な言い方をしたのである。

「お前の脱退は認めないぞ、エドワード。〝マッドレンダース〟のリーダーは僕だ。僕の許可なしで脱退は許さない」

「貴様の許可なぞ知ったことか。実際に、貴様が許可を出さないことを知っていたからこそ、皆夜逃げしたのではないか？　イリーナやフラウのようにな」

エドワードはさらなる挑発的な言葉をヨハンに投げ掛けた。

ただの事実に他ならないのだが、ヨハンからすれば挑発と感じるだろう。

「な、なんだと⁉」

「まあ、俺も本来ならばそうしたかったところなのだがな。さすがに俺にまで夜逃げされてはリーダーの立場があるまい。それに、こいつらも俺がいないとすぐに死んでしまうだろう？　さすがに、そんな無責任なことはできんよ」

エドワードはこの前加入したばかりの魔導師と治癒師を見て言った。

彼らはイリーナやフラウほど戦闘での立ち回りが上手くないし、ヨハンはもちろん攻め一択。後衛など振り返ろうとせず、自分の攻撃ばかりを考えて動くだろう。

そうなれば、後衛など簡単に死ぬ。

彼の振り返らなさは以前からそうだったが、Ｂ級に降格してからは余計にその傾向が強くなったように思う。要するに、功を焦っているのだ。

その様子を見て、エドワードはヨハンとこれ以上一緒に組めないと思い至った。

あまりに負担が大きかったのだ。

エルディならば難しくなかったのかもしれないが、自分はエルディほど器用ではない。後衛をひとりで守りつつ、攻撃に転じて自由奔放なヨハンの援護もしなければならないなど、身体がひとつでは到底足りなかった。

「じゃあ、エドワード……抜けるのはいいが、お前の武具を置いていけ。それはパーティーの備品だからな」

やっぱりきたか、とエドワードは舌打ちをした。

エルディにも言った手前、必ず同じことを言ってくるだろうとは予測していたが、いざ自分が言われる立場になると、これほど胸糞《むなくそ》が悪いのか。

当時の彼を思って、いたたまれない気持ちになった。

そこで——エドワードはにやりと笑みを浮かべてみせると、ヨハンを見下ろしてこう言った。

「……断る」

「なッ!?」

ヨハンが目を瞠った。信じられない、とでも言いたげな表情だ。

だが、どうして誰も彼もそんな要求に従うと思ったのだろうか？　エルディが従ったのは、ただ彼がお人好しであったからに他ならない。

いや、もしかすると、彼はこの魔法武具なしでエドワードがヒュドラと戦ったとて、前衛の役割を果たせないと思ったのかもしれない。

実際に、これがなければイリーナをヒュドラから救えなかった。聡明《そうめい》な彼ならば、その程度のことは予見していそうだ。

「この魔法武具は〝マッドレンダース〟の共有物ではない。エルディ＝メイガスの私物だ。俺は、彼にこの武具を返したいのだよ」

「き、貴様～！　僕を裏切ってあいつと一緒にパーティーを組むつもりか！」

「奴が俺を許してくれるなら、それもありだろう。少なくとも、今の〝マッドレンダース〟にいるよりは成功できそうだ」

　くっく、とエドワードが嘲笑を浮かべたところで、ヨハンが剣を抜いた。

「それ以上の侮辱《ぶじょく》は許さないぞ、エドワード！　お前が武具を渡さないというなら、奪い取ってやる……！」

「ほう、俺とやる気か」

　案の定そう来たか、とエドワードはほくそ笑んだ。

　これまで挑発していたのは、この言葉を引き出したいがためでもあったのだ。

「俺の実力を忘れたか、ヨハン？　確かに貴様は強いが、いくら貴様といえども俺と戦っては五体満足では済まんぞ。ここで相討ちになりたくはあるまい」

「確かに、一騎討ちならそうなるだろうね。でも、こっちは三人だ。実力が拮抗《きっこう》した者同士の戦いに、魔導師と治癒師がいたらどうかな？」

　ヨハンがパーティーメンバーの魔導師と治癒師を見る。

　そこには自信に満ちた笑みがあった。ふたりが自分に味方することを微塵《みじん》も疑っていない。

　だが、当の本人たちからすれば、唐突な仲間割れに巻き込まれて混乱しているといった様子だ。

　そこで、エドワードはふたりに尋ねた。

「お前たちはどうしたいのだ？　そのまま俺抜きでヨハンに付いていくのと、俺とともにヨハンから離れるのと、どちらがいい？」

「なっ!?　おい、お前たち！　そんなの僕は許さないぞ！」

唐突なエドワードの問い掛けにヨハンは怒り出す。

しかし、今問うているのはヨハンに対してではない。

エドワードはふたりに訊いているのだ。

ここで彼らがヨハンに付けばかなり不利な戦況にはなるが、そうなった場合は逃げるしかあるまい。だが――

「お、おい……？」

ヨハンの口から、絶望的な声が漏れた。

魔導師と治癒師は、エドワードのほうに付いたのだ。

「当然だろうな」

「何でだよ!?　何でそんな裏切り者に付くんだよ！　僕が〝マッドレンダース〟のリーダーなんだぞ!?」

「だからどうした？　そのリーダーが好き勝手戦っている間、俺が何度こいつらを助けたと思っている？　俺がいなければ死んでいたことくらい、こいつらが一番理解しているのだよ」

魔導師と治癒師は、気まずそうにエドワードの言葉に頷いた。

仮にエドワードがいないパーティーに残ったところで、自分たちには死しか残っていないことを、彼らはここいくつかの依頼を通して理解していたのだ。

「さあ、ヨハン。質問だ。実力が拮抗した者同士の戦いに、魔導師と治癒師がいたらどうなるだろうな？」

彼が先程言った言葉をそのまま返してやった。

ヨハンはぐぐ、と悔しそうに歯を食いしばると――

「勝手にしろ無能ども！　お前らなんて、僕には相応《ふさわ》しくないんだ！」

そんな捨て台詞を残して、その場を去っていった。

この瞬間、〝マッドレンダース〟は実質的に解散した。

また彼が新しくメンバーを集めて〝マッドレンダース〟をやり直すかもしれないが、それはエドワードの知ったことではない。

(さて、と……俺は、こいつを返しに行かなければな)

自身の纏う鎧と大剣を見て、魔法戦士はそう心の中で独り言ちたのだった。

＊

エドワード＝ホプキンスが〝マッドレンダース〟脱退の申し出をした頃――時を同じくして、元〝マッドレンダース〟の女性メンバーふたりが、中身のほとんどない金貨袋を眺めて大きな溜め息を吐いていた。

「はあ……やっぱりE級の依頼じゃ全然お金貯まらないねー」

冒険者ギルドから受け取った報酬を改めて見て、フラウがげんなりとした声を上げた。

「確かに。今日一日フル稼働してこれだと、生活していくので精一杯よねぇ……」

イリーナも同じく、金貨袋をちゃりちゃりと鳴らして、嘆いた。

パーティー脱退以降、イリーナとフラウはヨハンたちに遭遇しないようにいくつかの街を転々としながら依頼を受けてきたが、思ったように稼げずに日々金策に苦労していた。

その過程でふたりは新パーティー〝ベルベットキス〟を立ち上げたのだが、いくつか依頼を熟《こな》してもD級パーティーへの昇格は認められなかった。

パーティーに前衛がいないことがその理由だ。

フラウが肩を竦めて言った。

「かと言って、新しいメンバー集めも上手くいかないしねー……」

「私たちと見合う力量の前衛職で真っ当な人なんて、もう皆パーティー組んでるものね」

「ちょっと使えるかと思ったらあたしらの身体目当てのバカだし。かといって、新人だったら連携が上手く取れないし」

「ほんとそれ。困ったものね」

そうなのだ。新パーティーを立ち上げてから、イリーナとフラウも前衛職となるメンバーを探し続けていたが、ろくな人間が引っ掛からない。〝マッドレンダース〟以前もこういった流れはお決まりだったので慣れてはいるが、それでもうんざりしてしまうものだ。

イリーナとフラウは実力でいうとB級相当なのだが、その力に見合う冒険者となると、既にパーティーを組んでいる。

近い実力の持ち主でパーティーを組んでいないものとなると、人間的に問題があってパーティーが組めないものか、協調性を著しく欠いていて連携が取れない者ばかりだ。

人間的に問題がなく暇をしている者は、力量が追い付いていない。

こうして考えてみると、エルディ＝メイガス在籍時の〝マッドレンダース〟がいかにバランスの良いパーティーだったかを思い知る。彼らは彼女たちに身体を求めてくることはなかったし、実力も彼女らよりも上だったので、こちらの補助も常に行ってくれていた。

加入直後はむしろ、イリーナたちがエルディとヨハンの動きに付いていくので精一杯だったくらいだ。

「うーん……エドワードも一緒に連れてくるべきだったかな？」

「それは私も思ったけど、さすがにエドワードも一緒になってなると無理じゃない？　ヨハンに気付かれるでしょ」

「だよねー」

フラウが重苦しい息を吐いた。

イリーナは最初、高圧的なエドワードにあまり良い印象を持っていなかった。エルディのことを下に見ていたところも気に食わなかった、というのもある。

ただ魔法戦士としての実力は認めざるを得なかったので、ともに戦っていただけだ。

だが、エドワードは瀕死の傷を負って意識を失っていたイリーナをヒュドラのもとから救い、担いで逃げてくれた。自身も万全な状態ではなく、救出に失敗すれば自らの命さえも危なかったにもかかわらず、だ。そこから少し彼を見る目が変わったのは事実だった。

だが、エドワードはヨハンとともにいることが多かったし、どちらかというとヨハン側の人間だという認識があった。口ぶり的に、おそらくエルディ追放にも彼は加担しているだろう。

脱退の件も話すとヨハンにばらされてしまうと思ったのだ。

(E級の依頼は安全だけど、これじゃあ貯金もできないし、まとまったお金も作れないからその日暮らししかできないもんね……どうしたものかしら?)

イリーナが悩ましい表情のまま壁に張り出されている依頼を眺めていると、フラウがつんつんと肩を突いた。

「というわけでさ、エルディを捜しにいかない？」

「エルディを？」

予想もしていなかった名前が彼女の口から出てきた。

「それは確かに、彼がいてくれたら一番理想的だけど……さすがに難しくない？」

エルディをパーティーに勧誘することなら何度かイリーナも考えた。

だが、彼がどこにいるのか見当もつかないので、半ば諦めていたのだ。

基本的に、ギルドは他の冒険者がどこにいるかといった情報は守秘義務により教えてくれない。

中には隠密《おんみつ》な依頼もあるので、情報が漏れることを恐れているのだろう。

その冒険者がどの依頼を受けているのかも基本的にギルドの人間しか知らない情報である。

エルディを捜すとなると、自力で捜す他ない。

しかし、特段目立った活躍をしない限り、一介の冒険者が話題になることもないだろう。見つけたくてもお手上げなのである。

そこでフラウが悪戯っぽい笑みを浮かべた。

「それが、よ。実は耳寄り情報をさっき聞いちゃったんだなぁ」

「耳寄り情報？」

「うん。ギルド職員が雑談してたとこ聞いちゃったんだけど、リントリムで家を買うのに融資を受けた冒険者がいるっていうのよ。で、その冒険者の名前が、エルディって話」

「それほんと？　でも、多額の融資を受けられるほどの冒険者か……」

家を買うための融資をギルドがするとなると、ギルドからかなりの信用を得ている冒険者だ。

C級クラスなら多少融資は受けられるだろうが、家を買える金額となると、そうそういない。

だが、元S級パーティーのエルディであれば、その程度の融資を受けられるくらいの信用はあるのではないか。

逆に言えば、それほどの信用を持つ『エルディ』という名の冒険者が、そう何人もいるとも思えなかった。

「あのエルディっぽいわね、それ」

「でしょ？　行くだけ行ってみない？」

ちょうど今受けている依頼もないし、とフラウが付け足した。

確かに、タイミングとしてはちょうど良い。

リントリムなら、ここからそれほど時間も掛からないはずだ。一、二週間あれば辿り着けるだろう。

「うん、いいわね。エルディが受けてくれるかわからないけど、誘うだけ誘ってみましょう。どうせこのままここで続けててもジリ貧だしね」

「断られたら、あたしらで色仕掛けしちゃおう！」

「はあ!?　色仕掛け!?」

フラウがとんでもないことを言ったので、イリーナは声がひっくり返りそうになった。

何を言っているのだ、この娘《こ》は。

「エルディ、真面目くんだから案外色仕掛けに弱いかもよ？　ふたりで篭絡《ろうらく》するっきゃない！」

「いやいや、私そういうの得意じゃないから！　やるならフラウひとりでやってよ」

「えー？　イリーナのその豊満な胸肉ならきっとエルディもイチコロじゃない？　ここが使いどころでしょ！」

フラウがイリーナのたわわに実った二つの果実を見て言った。

魔導師であるが故にあまり女をアピールしたくないので、いつも布で胸元を締め付けてからローブを羽織っている。しかし、その布は今にもはちきれんばかりに窮屈《きゅうくつ》な状態だ。

「胸肉ゆーな！　使いどころだってそこじゃないから！」

「じゃあ、いつ使うの？　イリーナだって、エルディが相手ならまんざらでもないでしょ？」

「フ・ラ・ウ～？」

「うひゃあ、イリーナが怒った～！」

フラウがわざとらしく悲鳴を上げて逃げ出した。

〝ベルベットキス〟は今日も平和だ。

色仕掛けはさておき、エルディを誘うのは現状一番有効な手立てとも言える。

当面の目標は、彼の捜索で問題ないだろう。

(まあ、でも……エルディが一緒にいてくれたら、それが一番理想よね)

こうして、イリーナとフラウはエルディ＝メイガスがいるとされるリントリムの街を目指すのだった。

まさかそこで、彼が堕天使と同棲を始めているなどとは、露《つゆ》とも知らずに——

Re:Monster
リ・モンスター
1〜9・外伝
8.5
暗黒大陸編1〜4
金斬児狐
Kanekiru Kogitsune
シリーズ累計
170万部
（電子含む）
突破！
2024年4月4日〜！
TVアニメ
放送開始!!
（TOKYO MX、BS11ほか）
ネットで話題沸騰！
怪物転生
ファンタジー
最弱ゴブリンの下克上物語 大好評発売中！
コミカライズも大好評！
【小説】
1〜9巻／外伝／8・5巻
◉各定価：1320円（10％税込）
◉illustration：ヤマーダ
新章
【小説】
1〜4巻（以下続刊）
◉各定価：1320円（10％税込）
◉illustration：NAJI柳田
【漫画】
1〜11巻（以下続刊）
◉各定価：748円（10％税込）
◉漫画：小早川ハルヨシ

風波しのぎ
Kazanami Shinogi
シリーズ累計
270万部!
(電子含む)
THE NEW GATE
ザ・ニュー・ゲート
01~22
TVアニメ
2024年4月13日より 放送開始!
(TOKYO MX・MBS・BS11ほか)
コミックス
1~14巻
好評発売中!
風波しのぎ
THE NEW GATE
ザ・ニュー・ゲート
01 終わりと始まり
デスゲームと化したVRMMO－RPG「THE NEW GATE」は、最強プレイヤー・シンの活躍により解放のときを迎えようとしていた。しかし、最後のモンスターを討った直後、シンは現実と化した500年後のゲーム世界へ飛ばされてしまう。デスゲームから“リアル異世界”へ――伝説の剣士となった青年が、再び戦場に舞い降りる!
各定価:1320円(10%税込)
1~22巻好評発売中!
illustration：魔界の住民(1~9巻)
KeG(10~11巻)
晩杯あきら(12巻~)
漫画：三輪ヨシユキ
各定価：748円(10%税込)
THE NEW GATE
ザ・ニュー・ゲート
1
デスゲームから500年後のゲーム異世界へ
絶対覇者降臨
新たなる無双伝説開幕!!
シリーズ累計15万部!
大人気ファンタジー待望のコミカライズ!
アルファポリスHPにて大好評連載中!
アルファポリス 漫画
検索

異世界ゆるり紀行
子育てしながら冒険者します
1~15
水無月静琉
Minazuki Shizuru
シリーズ累計
110万部（電子含む）
突破!!
2024年7月
TVアニメ
放送開始!!
（テレ東・BSテレ東ほか）
1～15巻
好評発売中!
コミックス
1～8巻
好評発売中!
子連れ冒険者の
のんびりファンタジー!
神様のミスで命を落とし、転生した茅野巧。様々なスキルを授かり異世界に送られると、そこは魔物が蠢く森の中だった。タクミはその森で双子と思しき幼い男女の子供を発見し、アレン、エレナと名づけて保護する。アレンとエレナの成長を見守りながらの、のんびり冒険者生活がスタートする!
異世界ゆるり紀行
子育てしながら冒険者します
水無月静琉
転生したら双子を保護しました。
子連れ冒険者の異世界のんびりファンタジー!
異世界ゆるり紀行
子育てしながら冒険者します
水無月静琉
みずなともみ
1
転生したら幼い双子を保護しました。
シリーズ累計
15万部!!

辺境領主は大貴族に成り上がる!
チート知識でのびのび領地経営します
Author
潮ノ海月
Ushiono Miduki
子爵領滅亡のピンチから、
転生貴族のアイデアで起死回生!?
知識チートでのんびり領地経営していきます。
隣国の侵攻で父が戦死し、辺境の子爵家を継ぐことになったアクス・フレンハイム。急なことに慌てふためきつつも、機転を利かせて敵軍の撃退に成功する。しかしホッとしたのもつかの間、領地の復興という難題に直面することに。ところが実はアクスには、前世の地球の記憶があった! その知識を頼りに、新しい紙を開発して王家に売りつけたり、仲間の力を借りて、魔獣由来の素材や新しい魔道具を生み出したり……異世界にはない存在しないアイデアを次々実現させ、子爵領はどんどん発展していく。新米子爵の発明が、異世界を変えていく!?
●定価:1320円(10%税込)　●ISBN:978-4-434-33768-0　●illustration:すみしま

神様に不幸な境遇を同情され、異世界へ行くことになった14歳の少女、津々井文乃《ツツイフミノ》。彼女はそのとき神様から、便利な収納スキル「アイテムボックス」と異世界の知識が載った大事典を貰う。人間不信のフミノは、それらを駆使しつつ、他人から距離を取る日々を送っていた。しかしあるとき、命を助けた元メイド見習いの少女、リディナと二人暮らしを始めたことで、フミノの毎日は予想以上に充実していく——

●定価:1320円(10%税込) ●ISBN 978-4-434-33766-6 ●illustration:さす

この作品に対する皆様のご意見・ご感想をお待ちしております。

おハガキ・お手紙は以下の宛先にお送りください。

【宛先】

〒150-6019 東京都渋谷区恵比寿4-20-3 恵比寿ｶﾞｰﾃﾞﾝﾌﾟﾚｲｽﾀﾜｰ 19F
（株）アルファポリス　書籍感想係

メールフォームでのご意見・ご感想は右のＱＲコードから、
あるいは以下のワードで検索をかけてください。

アルファポリス　書籍の感想　検索

ご感想はこちらから

本書はWebサイト「アルファポリス」（https://www.alphapolis.co.jp/）に投稿されたものを、改題・改稿のうえ、書籍化したものです。

人生《じんせい》に疲《つか》れたので、堕天使《だてんし》さんと一緒《いっしょ》にスローライフを目指《めざ》します

九条蓮（くじょうれん）

2024年　4月30日初版発行

編集－小島正寛・芦田尚
編集長－太田鉄平
発行者－梶本雄介
発行所－株式会社アルファポリス
〒150-6019 東京都渋谷区恵比寿4-20-3 恵比寿ｶﾞｰﾃﾞﾝﾌﾟﾚｲｽﾀﾜｰ19F
TEL 03-6277-1601（営業）　03-6277-1602（編集）
URL https://www.alphapolis.co.jp/
発売元－株式会社星雲社（共同出版社・流通責任出版社）
〒112-0005 東京都文京区水道1-3-30
TEL 03-3868-3275
装丁・本文イラスト－池本ゆーこ
装丁デザイン－AFTERGLOW
印刷－中央精版印刷株式会社

価格はカバーに表示されてあります。

落丁乱丁の場合はアルファポリスまでご連絡ください。

送料は小社負担でお取り替えします。

ISBN 978-4-434-33774-1 C0093